Ein friedlicher Sommertag, ein Fest auf dem Dorfplatz: Der Ex-Fußballstar Johann Baroni feiert die Eröffnung seines neuen Würstelstandes. Da fällt plötzlich ein Schuss – und Baroni sinkt leblos zu Boden. Totengräber Max Broll ist verzweifelt: Sein bester Freund darf nicht sterben! Während Baroni im Krankenhaus um sein Leben kämpft, tut Max alles, um den Schützen zu überführen. Denn er hat gesehen, wer auf Baroni geschossen hat. Doch der vermeintliche Täter entpuppt sich als harmloser Tourist. Es gibt kein Motiv, keine Tatwaffe, keine weiteren Zeugen – die Polizei hält den Mann für unschuldig, niemand schenkt Max Glauben. Es bleibt ihm nichts anderes übrig, als die Sache selbst in die Hand zu nehmen und sich an die Fersen des Mörders zu heften …

Bernhard Aichner (geb. 1972) lebt als Schriftsteller und Fotograf in Innsbruck. Er schreibt Romane, Hörspiele und Theaterstücke. Internationale Erfolge feiert er mit seiner Totenfrau-Trilogie. Bereits zuvor machte er in seiner Heimat Österreich Furore mit seinen Krimis um den Totengräber Max Broll. Für »Interview mit einem Mörder«, den vierten Max-Broll-Krimi, wurde er mit dem Friedrich-Glauser-Preis 2017 ausgezeichnet. Zuletzt erschien von ihm bei btb der Thriller »Bösland«.

Bernhard Aichner

Interview mit einem Mörder

Ein Max-Broll-Krimi

btb

Sollte diese Publikation Links auf Webseiten Dritter enthalten,
so übernehmen wir für deren Inhalte keine Haftung,
da wir uns diese nicht zu eigen machen, sondern lediglich auf
deren Stand zum Zeitpunkt der Erstveröffentlichung verweisen.

MIX
Papier aus verantwortungsvollen Quellen
FSC® C014496

Verlagsgruppe Random House FSC® N001967

1. Auflage
Genehmigte Taschenbuchausgabe Januar 2019
by btb Verlag in der Verlagsgruppe Random House GmbH,
Neumarkter Str. 28, 81673 München

Covergestaltung: semper smile, München unter Verwendung eines
Motivs von Shutterstock/Carlos Amarillo
Schrift: © The Fell Types are digitally reproduced by Igino Marini.
www.iginomarini.com
Druck und Einband: GGP Media GmbH, Pößneck
mr · Herstellung: sc
Printed in Germany
ISBN 978-3-442-71369-1

www.btb-verlag.de
www.facebook.com/btbverlag

1

Obwohl Sommer ist. Max heizt den Ofen ein und legt sich hin. Auch wenn sie ihn für verrückt halten, er liebt seine Sauna. Egal, zu welcher Jahreszeit, hier ist sein Rückzugsort, sein kleines Paradies. Finnische Polarfichte, auf der er sich niederlässt, wann immer es geht, ein Ort der absoluten Ruhe, an dem niemand ihn stört. Entspannung, Schweiß, und wie seine Haut brennt. Kein anderer aus der Saunarunde verirrt sich vor Oktober in den Friedhofsgarten, nur er ist hier. Er und die Toten, die hinter der Mauer liegen. Der hübsche kleine Dorffriedhof, für den er verantwortlich ist, die Damen in Schwarz, die ihre Gräber pflegen, während er Wasser auf den Ofen gießt. Kerzen, die brennen, egal, ob die Sonne scheint.

Max Broll. Totengräber, Trinker, Träumer. Sein Leben ist gut. Eine schöne Wohnung im ersten Stock des Friedhofswärterhauses, eine liebevolle Stiefmutter im Erdgeschoss, die für ihn kocht. Und sein bester Freund im Nachbarhaus. Ungefähr zweimal im Monat schaufelt Max ein Grab, er pflegt die Wege, er kümmert sich um alles. Er macht die Arbeit, die keiner tun will, er lebt dort, wo keiner hinwill. Max hat seinen Vater beerbt, hat denselben Beruf ergriffen wie er, ist in seine Fußstapfen getreten, als er gestorben ist. Max hat den einfachen Weg genommen, er ist nicht zurück nach Wien, um fertig zu studieren, er ist im Dorf geblieben und Totengräber geworden statt Journalist. Max hat sich zufriedengegeben damit. Mit diesem Leben am Ende der Welt, mit diesem Dorf, das wenig zu bieten hat. Nur Beschaulichkeit und Tratsch, Natur und Geschwätz, und ab und zu ein Unfall, eine Katastrophe, mit der niemand gerechnet hat, das Schicksal, das wild um sich schlägt. Doch all das interessiert ihn gerade nicht, Max will seine Ruhe. Ein gepflegtes Bier auf seiner Dachterrasse. Oder auch zwei. Und der Friedhofsblick, wenn es dunkel ist. Die vielen

Lichter, ein gutes Gespräch mit seinem Freund. Mehr muss da gar nicht sein.

Weil kein anderes Leben besser sein kann. Alles, was früher laut war, ist jetzt wieder still. Die Vergangenheit ruht. Alte Wunden sind verheilt, die Narben tun nicht mehr weh. Max denkt nicht mehr daran, was er verloren hat, wie viel Angst er hatte. Was in diesem kleinen Nest alles passiert ist in den letzten Jahren. Dass seine Freundin einfach tot war, dass seine Stiefmutter beinahe gestorben wäre. Verrückt alles, das Leben, das ihn gebeutelt hat. Ihn und Baroni. Sein Gefährte, sein Trinkpartner, der Ritter, der für ihn in jede Schlacht reiten würde. Und umgekehrt. Nachbarn, zwei Männer, die mit rauchenden Colts an der Bar stehen und trinken. Der Totengräber und der Fußballstar, der nach seiner Karriere ins Dorf zurückgekehrt ist und sich eine Designervilla gebaut hat. Der große Sohn des Dorfes, der den Neid aller auf sich gezogen hat, ein Außenseiter, wie Max auch einer ist. Sie halten zusammen, tun einander gut, brauchen einander. Beide sind ohne Frauen, sie haben kein Händchen dafür. Hin und wieder kommt die Sehnsucht nach Liebe in ihnen hoch, nach Zärtlichkeit und Berührung, dann trinken sie darauf und warten, bis es vergeht, dieses Gefühl, dieser Wunsch, sich an einen vertrauten Körper zu schmiegen, nicht allein zu sein in der Nacht. Dann, wenn sie sich voneinander verabschieden nach einem langen Abend und jeder in seinem leeren Bett verschwindet. *Wir sind nicht für die Frauen gemacht*, sagen sie und umarmen sich. Wie oft sie sich gegenseitig schon aus dem Dreck gezogen haben. Hilfe ohne Zögern, einer ist für den anderen da. Winnetou und Old Shatterhand. Blutsbrüder. Mindestens.

Max und Baroni. Und die Sauna. Zehn Minuten lang wird er noch sitzen bleiben und das Brennen spüren. Die Augen schließen, an nichts denken. Nur das Feuer, das im Ofen brennt, und der Minzgeruch, den er liebt, das Aufgussöl, das Tilda für ihn zubereitet. Die zweite Frau seines verstorbenen Vaters, Kriminalbeamtin im Ruhestand, die gute Seele des Hauses. Mehr als das. Tilda liebt Max. Und Max liebt Tilda. Auch für sie würde er alles tun. Sie ist seine Familie, sein Halt, wenn er abrutscht, ihre Rindssuppe richtet ihn wieder auf, wenn er am Boden liegt. Sie ist immer da, geht nicht weg. Egal, was Max tut, sie steht hinter ihm. Und sie extrahiert dieses herrliche Öl für ihn. Minze aus dem Garten. Nichts sonst ist wichtig in diesem Moment, die Welt ist draußen vor der Saunatür. Kurz muss sie noch warten.

Ein paar Minuten noch Stille, dann geht die Tür auf. Max räkelt und streckt sich, laut prustet er und verschwindet im Tauchbecken. Eiskaltes Wasser aus der Quelle, ein Geschenk, das er sich zum Geburtstag gemacht hat. Zum ersten Mal hat er diesseits der Mauer gegraben, ein Becken so groß wie acht Gräber. Die vertrauten Maße, Alltag. Die Schalungen, das Graben mit der Schaufel, kein Bagger, Max hat darauf bestanden, harte Arbeit. Aber mit Baronis Hilfe hat er sich diesen Traum erfüllt. Kies, Vlies, Teichfolie, ein kleiner Schwimmteich ist entstanden. Er ist die Vervollkommnung des friedhöflichen Wellness-Bereichs.

Über eine Woche lang haben sie geschuftet, bevor sie das erste Mal untertauchen konnten. Glücklich und zufrieden, so wie jetzt. Mit angehaltener Luft seit sechsundvierzig Sekunden. Das wunderbare Finale seines Saunagangs. Alles, was Max will. Auftauchen, die Sonne auf sich spüren, sich ins Gras legen, kurz noch liegen bleiben. Und dann ein kaltes Bier. Kurz noch ohne Verpflichtung sein, nichts tun müssen, sich einfach treiben lassen. Oder sich unterhalten mit Akofa.

Der neue Dorfpfarrer aus Afrika. Seit gut einem Jahr ist er im Amt, er ist ein Segen für das Dorf. Für Max. Wenn er sich daran erinnert, wie viele Kämpfe er mit dem alten Pfarrer Stein ausgetragen hat, wie vergiftet die Stimmung am Friedhof war. Ein alter, böser Mann, der einfach weggegangen ist, seine Schafe im Stich gelassen hat. Akofa, ein lebensfroher Kerl, der dem Dorf die Angst vor dem Fremden genommen hat. *Ein Neger, ein waschechter Bimbo,* haben sie gesagt. *Er wird Unglück über das Dorf bringen,* haben sie prophezeit. Heute lieben sie ihn. Seine unkonventionelle Art, seine großen weißen Zähne, wenn er lacht. Der schwarze Mann, vor dem sie sich gefürchtet haben, er bringt sie jetzt jeden Sonntag mit seiner Predigt zum Lachen. Akofa. Die Bedeutung seines Namens ist Programm. *Mein Herz ist zufrieden.* Der schwarze Mann, der seinem Totengräber ein Bier entgegenstreckt und lächelt. Es ist ihm egal, dass Max völlig nackt vor ihm liegt. Sich nicht rührt, einfach liegen bleibt.

– Servus, Max. Schaut gemütlich aus.
– Ja.
– Trink ein Bier. Tut dir gut.
– Danke, Herr Pfarrer.
– Es gibt etwas zu feiern, Max.
– Ja, unser guter Baroni eröffnet seinen Würstelstand, das wird ein Fest.
– Nicht nur Baroni, es gibt noch etwas anderes zu feiern.
– Was denn?
– Erntedank.
– Es ist Sommer, Akofa. Erntedank ist in diesem Land erst im Oktober.
– Nein, nein, Max. Heute habe ich geerntet, heute. Eine gute Ernte, ich bin sehr zufrieden, Max.
– Was hast du geerntet?
– Rauch.

– Wie meinst du das?
– Du weißt schon.
– Nein, ich weiß nicht. Keine Ahnung, wovon du sprichst.
– Gras.
– Wie bitte?
– So ein guter Boden hier. Ich habe noch nie eine so gute Ernte gehabt. Das sind einige Kilo, mein Freund, der Heilige Vater meint es gut mit mir.
– Du willst mir sagen, dass du Gras angebaut hast?
– Das wird das beste Gras sein, das ich jemals geraucht habe.
– Du rauchst?
– Nur Gras.
– Wow. Unser Pfarrer ist ein Kiffer.
– Das musst du dir ansehen, Max.
– Wo, um Gottes willen, hast du das angepflanzt?
– Im Kräutergärtchen. Die viele Sonne dort tut den Pflanzen gut.
– Und die Köchin?
– Sie hat mir geholfen mit dem Dünger. Brennnesselwasser, sie schwört darauf. Und sie hatte Recht, ich habe noch nie solche Pflanzen gesehen.
– Was soll ich sagen?
– Du sollst mit mir feiern, Max. Erntedank, verstehst du. Wir rauchen einen. Du und ich.
– Lieber nicht. Du weißt ja, Tilda war bei der Polizei, die findet das bestimmt nicht gut, wenn sie das rausbekommt. Du solltest das ganze Zeug so schnell wie möglich verschwinden lassen.
– Tilda ist lieb, die sagt nichts. Also komm schon, Max. Oben auf deiner Terrasse, ich bringe noch mehr Bier mit. Wir leben nur einmal, oder?
– Ich hab das letzte Mal vor fünfzehn Jahren gekifft.
– Dann ist es höchste Zeit, Max.

– Du bist Priester, Akofa.
– Eben. Und deshalb komm mit mir, mein Sohn.

Max steht auf und trinkt das Bier aus. Es ist noch genügend Zeit, bis Baroni seinen Stand eröffnet und die große Party losgeht, er kann sich noch in Ruhe mit dem Pfarrer auf die Terrasse setzen. Der Tag hat wunderbar begonnen, und er wird auch wunderbar enden. Max ist sich sicher.

2

Seine Stimme ist weit weg. Zwischen den Sonnenstrahlen sind Baronis Lippen, Max sieht, wie sein Mund auf- und zugeht. Wie er mit seinen Händen herumfuchtelt und auf- und niederhüpft. *Seid ihr wahnsinnig geworden*, schreit er. *Wo seid ihr? In zehn Minuten geht es los.* Baroni ist außer sich. Er versucht, Max hochzuziehen, doch Max will sitzen bleiben, weiter hinunter auf den Friedhof starren. Nichts tun will er, sich nicht bewegen. Und auch Akofa rührt sich nicht, auch er ist weit weg, reitet irgendwo auf einem Kamel durch die Wüste.

Doch Baroni lässt nicht locker, wütend verschwindet er in Max' Wohnung und kommt mit einem Kübel kaltem Wasser zurück. Ohne zu zögern, leert er ihn über den beiden aus. Er versucht sie zurückzuholen, redet auf sie ein. So lange, bis Akofa ihm auf die Schulter klopft. *Ich hole nur schnell das Weihwasser und mein Messgewand*, sagt er. *Wir sehen uns gleich unten.* Dann verschwindet er. Baroni schaut streng. Immer noch sitzt Max in seinem Sessel. Immer noch ist alles wie im Nebel. Das Leben ist schön.

– Der macht das schon. Akofa ist ein Profi, einen Segen bekommt der in jedem Zustand hin.
– Ihr seid ja völlig besoffen.
– Eingeraucht, Baroni, eingeraucht.
– Du kiffst doch nicht.
– Unser Bimbo hat mich verführt. War gar nicht schlecht.
– Du musst dich jetzt anziehen, Max.
– Ich glaube, ich kann nicht, Baroni. In meinem Kopf dreht sich alles.
– Die Musikkapelle steht schon unten, alles ist bereit. Wir warten nur noch auf euch.
– Ich seh dich doppelt, Baroni.

– Wenn du jetzt nicht sofort aufstehst, gehe ich hinunter in den Garten und zünde die Sauna an.
– Ist ja schon gut, Baroni, ich komm schon.
– Jetzt bringen wir die offizielle Eröffnung hinter uns, dann lassen wir uns volllaufen.
– Wessen Idee war das überhaupt? Diese ganzen Reden, göttlicher Segen, das ist dir doch eigentlich zuwider, oder?
– Der Bürgermeister hat sich das gewünscht. Und nachdem er so einiges möglich gemacht hat, muss ich ihm den Gefallen tun. Und deshalb kommst du jetzt mit, mein Lieber. Wir bringen das gemeinsam hinter uns.
– Tut mir leid, dass ich spät dran bin, Baroni.
– Ist schon gut, Max.
– Hanni wäre stolz auf dich.

Der Würstelstand. Eine Institution im Dorf, ein weiterer Lieblingsplatz in Max' Leben. Seit er sich erinnern kann, stand die kleine Hütte am Dorfplatz, unzählige Biere haben Max und Baroni dort schon getrunken. Spaß nach getaner Arbeit, ausgelassene Abende. Früher auch mit Hanni. Die langjährige Besitzerin des Standes, bevor Baroni den Laden übernommen hat. Ein knappes Jahr nach ihrem Tod. Hanni Polzer. Die Frau, die Max heiraten wollte, seine Liebe. Ihr kalter Körper, der neben ihm lag, ein Albtraum, der manchmal immer noch hochkommt. Erinnerungen, die wehtun. Hanni im Würstelstand. Hinter dem Tresen ihr Lachen. Und wie sie in dem Loch am Friedhof verschwunden ist. Max kann das Grab von seiner Terrasse aus sehen, Hanni. Kerzen, die für sie brennen. Und Baroni, der jetzt weiterführt, was sie zurückgelassen hat.

Wegen seiner Geldprobleme. Baroni hat gespielt, hat fast alles verloren. Seine Wohnungen in Wien, sein Vermögen, das Haus im Dorf konnte er gerade noch halten. Die Medien haben ihn damals vernichtet. *Fußballstar in Nöten*, haben sie geschrieben. *Der Zockerkönig am Boden. Johann Baroni am Ende.* Aber er hat sich nicht unterkriegen lassen, er hat ganz unten wieder angefangen, hat den Würstelstand übernommen, hat sich hinter den Tresen gestellt und den Bauern im Dorf Würste verkauft. Baroni hat sich demütigen lassen und Kleingeld gezählt. Und dann kam die Idee, aus der Not ein Geschäft zu machen. Eine Kette von Würstelständen. Der Stürmerstar und seine Baronis. Kleine, scharfe Bratwürste. Würstelstände in ganz Österreich, ein neues Logo, eine groß angelegte Werbeoffensive. Baroni hat laut geträumt und in Angriff genommen, wofür sie ihm den Vogel gezeigt hatten.

Baronis Würstchen. Mit einem Augenzwinkern hat er der Welt erklärt, dass er wieder da ist, dass er wieder obenauf schwimmt. Baroni, dieser verrückte Kerl. Max liebt ihn dafür, dass er seine Ideen laut hinausschreit, dass er mutig ist und nicht aufgibt. Dass er aus Hannis Stand eine Perle gemacht hat, ein Schmuckstück. Baroni hat ganze Arbeit geleistet, alles steht bereit, gleich startet er seine zweite Karriere, gleich wird der erste Stand von Baronis Würstchen-Kette feierlich eröffnet. Sobald Max sich angezogen hat. Jeans und Hemd. Max plagt sich. Baroni drängt und lacht.

– Tilda hat gedroht, dass sie dir eine Abreibung verpasst, wenn du nicht auf der Stelle unten erscheinst.
– Zwei Minuten.
– Ach, Max. Wenn ich dich nicht so gernhätte.
– Du liebst mich, Baroni. Und deshalb mache ich mich jetzt richtig hübsch für dich.
– Du sollst dich einfach nur beeilen, bitte.
– Du kannst ja vorausgehen, die warten bestimmt schon auf dich. Du solltest nicht zu spät zu deiner eigenen Eröffnung kommen.

- Halt die Klappe, Max, und mach weiter.
- Ich hab Hunger, Baroni. Ich muss etwas essen, sonst schaff ich das nicht.
- Wir bringen das jetzt hinter uns, dann bekommst du alles, was du willst. Aber jetzt zieh dir bitte endlich dieses verdammte Hemd an.
- Das ist nicht so leicht.
- Soll ich dir helfen?
- Du sollst mich nicht unter Druck setzen, Baroni. Ich gebe mein Bestes.
- Gott sei Dank musst du keine Rede halten.
- Logisch werde ich eine Ansprache halten, Baroni.
- Wirst du nicht.
- Du hast Recht. Werde ich nicht.
- Bitte, komm jetzt, Max.
- Bin so weit. Abmarsch, mein Lieber.

Durch die Tür. Zwei Freunde die Stiegen hinunter. Lachend über den Dorfplatz. Umarmt gehen sie auf die Meute zu. Wie dankbar Baroni ihm ist. Ohne Max würde dieser Tag anders aussehen, sein ganzes Leben würde anders sein. Max ist ihm beigestanden, als er ganz unten war, er hat ihn motiviert, ihm in den Arsch getreten, ihm seine Überheblichkeit genommen, ihm gezeigt, was Demut ist. Deshalb gehen sie nebeneinander, deshalb will Baroni, dass er dabei ist. Weil Max es war, der ihm damals die Schlüssel für den Stand in die Hand gedrückt hat. *Dir wird wohl nichts anderes übrig bleiben*, hat Max gesagt. Und es war gut so.

Wie schön alles geworden ist, der Umbau. Baroni, wie stolz er ist. Alles hat sich zum Guten gewendet. Alles. Wie sie dastehen. Der Bürgermeister singt ein Loblied auf den großen Sohn des Dorfes. Der heimgekehrte Fußballgott, der gestrauchelt ist, der Kämpfer, der neu beginnt und dem Dorf die Treue hält. *Baronis Würstchen.* Ein Geschenk für die Gemeinde. Die Musikkapelle spielt einen rührenden Marsch, Akofa spritzt Weihwasser durch die Gegend.

Alle beten ehrfürchtig ein Vaterunser, Max kämpft. Er möchte sich hinsetzen, er will sich mit seinem Freund zurückziehen und feiern. Sich gehen lassen, ohne Fotografen und Journalisten. Seine Freude zeigen, ohne dass das ganze Dorf zusieht. Immer noch ist er weit weg, immer noch fühlt sich alles leicht an. Immer noch schwebt er. Max nimmt kaum wahr, was passiert. Aber lustig findet er es. Was Akofa sagt. Dass der Pfarrer während des Gebetes fast in einen Lachkrampf ausbricht. Die Schützen, die ihre Gewehre von den Schultern nehmen und durchladen. Ein Dorf feiert. Alles wird aufgeboten, was zur Verfügung steht, ein fulminanter Start für *Baronis Würstchen.* Wie absurd ihm alles vorkommt. Wie berauscht er immer noch ist. Wie der Schützenhauptmann den Befehl zum Salutschuss gibt. Wie die Blicke von Max herumirren, sich irgendwo festhalten wollen. Und wie Baroni langsam umfällt. Wie ein Baum im Wald. Einfach so, während die Kapelle spielt.

Max steht nur da. Schaut zu. Begreift es nicht. Wie Baroni neben ihm zusammensackt und liegen bleibt. Wie sie sich aufgeregt über ihn beugen. Bilder, die ganz langsam an Max vorüberziehen. Baronis Gesicht, seine Augen, die ihn fragend anstarren. Baroni versteht es nicht, warum da plötzlich diese Wunde ist, warum er am Boden liegt. *Was ist passiert, Max? Bitte, hilf mir, Max.* Seine Augen schreien. Doch Max steht still, er kann nichts tun, sich nicht bewegen, nicht reagieren. Da sind nur diese Bilder, die er wieder und wieder sieht. Die Schützen, die ihre Gewehre abfeuern. Akofa, der grinst und ihm zuzwinkert. Die Frau des Bürgermeisters, die heimlich in ihrer Nase bohrt. Und diese Pistole, die da plötzlich auftaucht zwischen all den Festgästen und Schaulustigen. Eine Waffe, auf die niemand geachtet hat, während die Schützen bellten. Nur eine Sekunde lang, dieser Mann im Getümmel. Ein fremdes Gesicht, das nicht zu den anderen passte, ein Bild, das Max nicht einordnen konnte. Zu schnell ging alles, keine Verbindung zwischen den Dingen, Max steht nur da, begreift es nicht. Alles um ihn herum, es passiert einfach. Er kann nichts tun. Nur zuschauen. Wie Baroni auf dem Asphalt liegt und ihn anstarrt. Wie sich sein Hemd verfärbt. Wie alles rot wird. Und wie die Augen seines Freundes einfach zugehen.

3

Chaos. Alle sehen, wie der Held der Stunde in einer Blutlache liegt. Panik bricht aus. Alle rennen sie davon, innerhalb weniger Sekunden leert sich der Dorfplatz, alle bringen sich in Sicherheit. Keiner weiß, was passiert ist. Sie sehen nur das Blut und wie er sich nicht mehr rührt. Wie er daliegt und zuckt. Johann Baroni. Niedergestreckt von einer Kugel, während die Schützen albern in die Luft schossen. Scharfe Munition, kein Schreckschuss. Das Ende eines Tages, noch bevor er richtig begonnen hat.

Max zittert. Ihm ist kalt, er bewegt sich nicht. Auch nicht, als Akofa vor ihm steht und versucht, ihn wegzuziehen. Akofa schüttelt ihn, redet auf ihn ein, aber Max rührt sich nicht. Er schaut nur auf Baroni. Wie er daliegt. Wie sie ihm helfen und die Blutung stoppen wollen. Wie sie versuchen, ihn zu retten. Wie ein Traum ist es, aus dem Max nicht aufwacht. Die Welt bricht rund um ihn herum zusammen, Rettungswagen tauchen vor ihm auf, Polizisten. Max weiß, was passiert ist. Dass Baroni nicht wieder aufstehen wird. Auf seinen Freund wurde geschossen, eine Kugel hat sich in seinen Bauch gegraben, nur eine Handbreit unterhalb des Herzens, jemand hat ihn einfach niedergestreckt. Ein Fremder, ein Gesicht, das Max vorher noch nie gesehen hat. Immer wieder laufen dieselben Bilder vor seinen Augen ab. Die Schützen, die ihre Gewehre durchladen, Akofas weiße Zähne, die Pistole in der Menschenmenge. Und Baroni, der fällt.

Stillstand. Minutenlang. Bis sie ihn wegzerren. Bis die Polizisten alles absperren und ein Sanitäter ihm eine Decke um die Schulter legt. *Kommen Sie, wir kümmern uns um Sie. Sie stehen unter Schock. Kannten Sie den Toten?* Wie Max es hört. Wie es langsam bei ihm ankommt. *Kannten Sie den Toten?* Wie ein Schlag ist es, ein tonnenschweres Gewicht, das auf ihn fällt. Ein Satz, der alles beendet, der seine Ohnmacht noch größer macht, sein Zittern, die Verzweiflung, die da plötzlich überall ist. Wie eine dieser grünen Gießkannen am Friedhof fühlt er sich. Wenn das Wasser rinnt und rinnt und sie irgendwann übergeht. Weil nichts mehr Platz hat in der Kanne, weil sie voll ist. Wasser. Wut. Max sitzt hinter dem Würstelstand am Boden und kann es nicht mehr zurückhalten.

Laut schreit er. Baronis Namen. Dann irgendwelche Laute. Wie ein Tier, das man schlachtet. Zusammengekauert am Boden, verzweifelt, laut, hilflos. Max will, dass Baroni wieder aufrecht neben ihm steht, er will, dass alles wieder so ist, wie es noch vor zwanzig Minuten war. Er versteht es nicht. Will es nicht. Nichts davon. Deshalb schreit er. Max ignoriert den Sanitäter, der auf ihn einredet, er schreit weiter, ohrenbetäubend. Bis Tilda kommt und ihn in den Arm nimmt, gerade noch verhindert sie, dass der Sanitäter ihn niederspritzt, ihn mit Beruhigungsmitteln vollstopft, ihn ausschaltet wie ein kaputtes Radio. *Ich kümmere mich um ihn*, sagt sie. Dann hält sie ihn fest, redet mit ihm, flüstert in sein Ohr. Liebevoll und ruhig. *Das wird schon wieder, Max. Komm schon, du musst mir helfen. Baroni braucht uns jetzt.* Immer wieder. So, als würde sie ein wild gewordenes Pferd beruhigen. Mit Liebe, so lange, bis Max leiser wird. Bis er aufhört zu schreien. Bis er sie hört. Aufwacht aus seinem blutigen Rausch. Ihr antwortet.

– Beruhige dich, Max.
– Nein, Tilda. Das darf alles nicht wahr sein, nicht jetzt, nicht Baroni. Bitte nicht, Tilda.
– Du musst dich zusammenreißen.
– Ich will mich nicht zusammenreißen.
– Du bist betrunken, Max.
– Und?
– Baroni braucht dich jetzt.

– Baroni ist tot.
– Was redest du da?
– Ich schaff das nicht noch einmal, Tilda.
– Was denn, um Gottes willen?
– Alle Menschen, die ich liebe, sterben.
– Du musst mir jetzt ganz gut zuhören, Max. Schau mich an. Baroni ist nicht tot, er ist auf dem Weg ins Krankenhaus, und er braucht dich dort. Du musst zu uns zurückkommen, Max. Verstehst du das? Reiß dich zusammen.
– Ein Sanitäter hat mir gesagt, dass er tot ist.
– Schwachsinn. Er hat viel Blut verloren, aber er lebt. Sie bringen ihn jetzt ins Krankenhaus, sie werden alles für ihn tun, Max. Baroni wird überleben, hörst du? Er wird nicht sterben.
– Wird er nicht?
– Nein, Max. Wird er nicht.

Tildas Gesicht ganz nah. Max schaut sie an, er will ihr glauben, will nicht zweifeln an dem, was sie sagt. Seit über fünfundzwanzig Jahren ist sie für ihn da, hat ihn aufgezogen, für ihn gesorgt. Sie hat geweint und gelacht mit ihm. Tilda hat seine leibliche Mutter ersetzt, die er viel zu früh verloren hat. Auf wunderbare Weise bis heute. Tilda und Max, eine Familie. Nur noch sie beide sind da. Wie sie dastehen und gemeinsam beschließen, dass alles gut ausgehen wird. Während das Dorf in Panik ist, während die Polizei den Platz sichert, Straßen sperrt und verzweifelt nach einem Wahnsinnigen sucht, der am helllichten Tag auf den großen Sohn des Dorfes geschossen hat. Der Baroni töten wollte, anstatt ihm auf die Schulter zu klopfen und mit ihm anzustoßen.

Ausnahmezustand im Dorf. Fotografen und Fernsehkameras halten alles fest. Auch wie Max in den Krankenwagen steigt und davonfährt. Ohne Tilda. Weil sie noch bleibt, bis die ehemaligen Kollegen aus der Stadt kommen. Die Kripo, die alles auf den Kopf stellen wird, die Spurensicherung. Tilda wird sich darum kümmern, dass alles korrekt abläuft. Dreißig Jahre lang hat sie nichts anderes getan. Einmal noch wird sie dafür sorgen, dass die Streifenpolizisten keine Fehler machen, dass nichts übersehen wird, dass viele Menschen so schnell wie möglich befragt werden. Ob sie etwas gesehen haben, ob ihnen irgendetwas aufgefallen ist. Tilda. Sie wird alles tun, was nötig ist, dann wird sie nachkommen. Ins Krankenhaus, zwanzig Kilometer weiter, sie wird wieder zu Max stoßen und mit ihm beten. Egal, ob er daran glaubt oder nicht, Max wird seine Hände falten, er wird um das Leben seines Freundes bitten. *Lieber Gott, lass ihn nicht sterben. Lieber Gott, mach, dass er wieder aufwacht.* Max schließt die Augen und wünscht es sich. Mehr als alles andere.

Im Krankenwagen über die Autobahn. Er kommt wieder zu sich. Langsam wacht Max auf. Kann wieder klar denken. Neben ihm sitzt der junge Sanitäter, der gesagt hat, Baroni sei tot. Ein Zivildiener vielleicht, einer, der nicht gerne tut, was er tut. Er kaut an seinen Nägeln und langweilt sich, minutenlang passiert nichts. Keiner sagt etwas, nur die Straße ist laut. Dann geht der Mund des Jungen wieder auf. Gedankenlos kommt es aus ihm heraus. *Schaut nicht gut aus für deinen Freund*, sagt er. *Er hat zu viel Blut verloren.* Max schweigt. Antwortet nicht. Am liebsten würde er ihn schlagen, ihm seine Fäuste ins Gesicht werfen, ihm so lange wehtun, bis er still ist, bis er sein verdammtes Maul hält. Doch Max tut nichts. Er sitzt nur still da und schaut geradeaus. Lässt ihn reden. Weil er daran glaubt, was Tilda gesagt hat. Weil es keine andere Option gibt. Keine. *Ich weiß es, Max. Baroni wird das überleben. Er wird seine Augen wieder aufmachen. Baroni wird nicht sterben.*

4

Wie lang die Nacht war. Der nächste Tag. Und noch eine Nacht. Wie lang er seine Hand gehalten hat. Max und Baroni auf der Intensivstation. Max und Baroni verbunden, immer noch atmend, bereit weiterzuleben, nicht aufzugeben. Wie klar plötzlich alles ist, dass es keinen anderen Weg gibt, dass es die einzige Möglichkeit ist. Dass Baroni wieder zurückkommen muss. Sie haben noch nicht angestoßen auf seinen Erfolg, auf die goldene Zukunft mit den Würstchen. Da gibt es noch so viele Dinge, die sie tun wollen. So viel Schönes. Max lässt Baronis Hand nicht los, er will bei ihm sein, wenn er aufwacht. Egal, wann. Max bleibt.

Koma. Sie haben die Kugel aus seinem Bauch geholt, aber Baroni wacht aus der Narkose nicht auf. Sie haben alles für ihn getan, vier Ärzte und fünf Schwestern haben um sein Leben gerittert, während Max mit Tilda im Aufenthaltsraum gewartet hat. Kein Auge haben sie zugemacht, jedes Mal, wenn die Tür zum OP-Bereich aufging, sind sie aufgesprungen und haben nachgefragt. *Es schaut nicht gut aus,* sagten die Ärzte. *Er wird überleben,* sagte Tilda. Max nickte nur und wünschte sich nichts mehr, als dass sie Recht behielte.

Baronis Karriere wird nicht einfach auf einem OP-Tisch enden. Auch nicht in einem Krankenhausbett, mit Schläuchen aus seinem Mund. Baroni wird wieder aufstehen und weiterleben. Max weiß es. Er spürt es, dass seine Hand nicht kalt werden wird, dass sich diese Finger wieder bewegen werden.

Tilda und Max. Sie lassen ihn nicht allein, sie wechseln einander ab, machen sich Mut. Verzweifelt warten sie immer noch, zwei Tage, nachdem es passiert ist, es ist der einzige Wunsch, den sie haben. Dass Baroni sie anlächelt und sagt, dass alles wieder gut sei. Baroni in diesem Bett neben all den Geräten, sein Herzschlag auf einem Monitor, sein Körper, der stillsteht. Und Tilda, die versucht herauszufinden, was passiert ist. Immer wieder telefoniert sie mit ihren ehemaligen Kollegen, sie will wissen, ob man den Schützen schon gefunden hat. Ob es Spuren gibt, irgendetwas, das ihnen verrät, wer geschossen hat. Doch da ist nichts. Nur die Gewehre der Schützen, die sie untersucht haben, die Kugel, die sie aus Baroni herausgeholt haben. Es war eine Pistole mit Schalldämpfer, kein hundert Jahre altes Gewehr einer Brauchtumsgruppe, keine sinnlose Ballerei in die Luft, es war ein Mordversuch, ein gezielter Schuss auf Baronis Herz. Abgefeuert von jemandem, der seinen Tod wollte. So einfach.

Unvorstellbar für Max, für Tilda, für den Rest des Landes. Die Medien stürzen sich auf die Geschichte. Baronis Gesicht flimmert über die Bildschirme, alle Sender bringen die Story, auch im Ausland berichten sie darüber. Baroni, der früher als Legionär in Deutschland, Spanien und Italien unterwegs war, zu seinen besten Zeiten ein absoluter Star. Baroni, der durch halb Europa stürmte, liegt jetzt im Koma. Sie reden über einen Mordanschlag, vermuten einen Zusammenhang mit seiner Zockerzeit, sie spekulieren, erfinden Räubergeschichten, irgendwelche Unterweltbosse sollen für Baronis Aus verantwortlich sein. Alles deutet auf einen Auftragsmord hin. Es ist die einzig vernünftige Erklärung für das Unfassbare. Und es ist auch das, was Tilda vermutet. Eine Exekution soll es gewesen sein, ein Profi, der in Baronis Kopf das Licht ausgeschaltet hat. Ein einziger gezielter Schuss, eiskalt und abgebrüht am helllichten Tag. *Es kann nicht anders gewesen sein*, sagt Tilda. Doch Max glaubt nicht daran. Keine Sekunde lang. Da sind keine Altlasten, Baroni hat keine Schulden bei irgendwelchen Dreckskerlen, keine offenen Rechnungen, Max weiß es. Auch wenn er kurz gezweifelt hat, jetzt ist er sich sicher. Er hat sich die Bilder immer wieder in seinen Kopf zurückgeholt, er weiß, was er gesehen hat, Rausch hin oder her. Er kennt Baroni besser als jeder andere, es gibt kein Motiv, niemand auf dieser Welt hat einen Grund, ihn zu töten. Egal, was sie alle sagen. Auch Tilda.

- Wer soll es sonst gewesen sein, Max? Es ist das Einzige, das Sinn macht, es gibt keine andere Möglichkeit. Wer außer seinen ehemaligen Freunden sollte Baroni sonst etwas antun wollen?
- Ich weiß es nicht.
- Er hat sich wohl wieder mal mit den falschen Leuten eingelassen. Ist ja nicht das erste Mal, Max, oder?
- Ich weiß, dass da niemand mehr ist, dem er Geld schuldet. Keiner, der so etwas tun würde.
- Vielleicht kennst du ihn ja doch nicht so gut, wie du denkst.
- Doch, das tue ich.
- Baroni ist kein Unschuldslamm, Max.
- Ich auch nicht.
- Du liegst aber nicht hier, Max.
- Und du kennst ihn nicht so, wie ich ihn kenne.
- Ich weiß nur, dass jemand unseren Baroni hinrichten wollte. Und das macht mir Angst. Große Angst, Max.
- Ich habe ihn gesehen, Tilda.
- Wen?
- Den Mann, der für das hier verantwortlich ist.
- Was soll das heißen?
- Ich habe gesehen, wie er auf ihn geschossen hat.
- Hör auf damit, Max.
- Ich kann ihn beschreiben.
- Lass es, Max. Du machst es nicht besser, wenn du jetzt einen Schuldigen aus dem Hut zauberst.

– Du verstehst mich nicht, Tilda. Ich habe den Schützen gesehen, ich kann dem Phantombildzeichner genau beschreiben, wie er aussieht.
– Max, bitte.
– Was?
– Du warst völlig neben der Spur. So wie du beisammen warst, hast du gar nichts gesehen außer rosaroten Elefanten.
– Hörst du nicht, was ich sage? Ich habe den Mann gesehen, ich kann ihn beschreiben.
– Du wirst dich nicht einmischen, Max. Du lässt die Polizei ihre Arbeit machen.
– Du glaubst mir nicht?
– Nein, das tue ich nicht.
– Männlich, vielleicht Mitte fünfzig, kurze graue Haare, Lederhosen, Trachtenhemd.
– Bravo, Max. Die Journalisten da draußen sind bestimmt glücklich, wenn du ihnen einen Täter servierst. Aber mich lass bitte in Ruhe damit. Ich habe im Moment keine Lust auf deine Rauschgeschichten.
– Wir müssen ihn finden, Tilda.
– Wir müssen gar nichts. Ich bin im Ruhestand und du bist Totengräber. Geh nach Hause, Max, und schlaf dich aus. Dann komm wieder her und kümmere dich um deinen Freund. Das ist das Einzige, was du wirklich für ihn tun kannst. Also, bitte, hör jetzt auf mit dem Unsinn.

Max schweigt. Wut steigt in ihm auf. Dass Tilda ihm nicht glauben will, dass sie ihm nicht zutraut, Rausch und Wirklichkeit voneinander zu unterscheiden, verletzt ihn. Dass sie nur eine Sekunde lang annimmt, er könnte sich irren. Er hasst sie dafür, er will gehen. Er will weg von ihr, weil er sie sonst anschreien und beschimpfen würde. Tilda, so liebenswert sie ist, so stur kann sie sein. Max weiß, dass er verloren hat, dass sie ihm keine Sekunde lang glauben wird, sie wird ihm in dieser Angelegenheit nicht weiter zuhören, sie will, dass er sich nicht einmischt, sich nicht in Gefahr bringt. Tilda kennt ihn. Max sieht es in ihren Augen. Er liebt sie, doch jetzt möchte er sie am liebsten erwürgen. Ohne sich zu verabschieden, geht er. *Baroni ist über den Berg,* sagt sie noch. *Er wird wieder aufwachen.* Max dreht sich nicht mehr um. Leise fällt die Tür zu.

5

Er hat nicht geschlafen. Max wollte sich nicht hinlegen, konnte es nicht. Er hasste es, ohnmächtig zuzuschauen, nur abzuwarten, zu vergessen, was er gesehen hat. Egal, was Tilda gesagt hat, er war sich sicher. Stundenlang hat er versucht, sich zu erinnern, hat jedes Bild dieses Tages wieder von unten nach oben geholt, er wollte etwas tun, um zu helfen. Nur nicht schlafen. Er wollte sich erinnern. An dieses Gesicht, es beschreiben, ihnen sagen, nach wem sie suchen sollen. Verzweifelt ist Max dann vom Krankenhaus zurück ins Dorf gefahren und hat sich eingesperrt, sich in den Würstelstand zurückgezogen. Er hat eine Flasche und zwei Gläser vor sich hingestellt. Und zu trinken begonnen. In Ruhe stößt er mit Baroni an auf die Eröffnung des Standes, während sie ihn durch die Scheiben fotografieren. Seit Stunden. Immer noch.

Die Journalisten, die er ignoriert hat. Schon vor der Klinik haben sie auf ihn gewartet, die Meute hat sich ihm in den Weg gestellt, doch Max hat geschwiegen. Er wollte sich sicher sein, bevor er den Mund aufmacht, er ging an ihnen vorbei und setzte sich in ein Taxi. Auch kein Wort über Baroni, über seinen Zustand, ausgehungert und gierig ließ er sie zurück. Einige folgten ihm und bauten sich vor dem Stand auf. Geduldig warten sie immer noch, bis er den nächsten Schritt macht. Etwas tut, ihnen etwas sagt. Aber Max rührt sich nicht vom Fleck. Er schaut aus dem Fenster, starrt in die Kameras, die auf ihn gerichtet sind. Der beste Freund des Fußballstars betrinkt sich, weil er das Schicksal nicht mehr erträgt. Weil Baronis Verletzungen vielleicht schlimmer sind als erwartet. Weil Baroni vielleicht nie wieder aufwachen wird. Weil er sterben könnte.

Sie beobachten ihn. Wie er wieder und wieder die Gläser hebt. Seines und das von Baroni. Sie sehen, wie er sich mit seinem Freund unterhält. *Prost*, sagt Max. *Der Stand ist richtig schön geworden. Hast du gut gemacht, Baroni.* Max lächelt. Er drückt die Verzweiflung nach unten, dieses lähmende Gefühl. Er will daran glauben, dass Baroni wieder aufwacht. Egal, was die Ärzte sagen, egal, dass es Wochen dauern könnte. Max hat beschlossen, keine Sekunde daran zu zweifeln, er wird seinen Freund nicht verlieren. Er trinkt mit ihm darauf. Jetzt und morgen. Er und Baroni, sie werden zusammen alt werden, nebeneinander am Friedhof. Das Friedhofswärterhaus und die Designervilla. Sie werden sich weiterhin zuwinken von ihren Terrassen aus, sie werden lachen miteinander und glücklich sein. Keine Schläuche aus Baronis Mund, keine Maschinen, die ihn am Leben erhalten. Nur sie beide in Liegestühlen, wie sie das Leben genießen. Mehr nicht. Nur Freundschaft und zwei Gläser, die sich liebevoll berühren.

Wasser. Kein Schnaps. So gerne er sich auch betäuben würde, er will herausfinden, was passiert ist. Eine Flasche Wasser und zwei Gläser, die er füllt. Nur eine Geste ist es, ein Ritual, das er immer wiederholt. Eine Erinnerung, ein Bild, das ihm guttut. Theater für die gaffenden Journalisten, die den Kopf schütteln, Theater, damit er nicht weinen muss, Theater, weil ein Glas alleine einsam wäre. *Das kannst du mir glauben, mein Freund. Wenn du das überlebst, hast du einen Wunsch frei.* Aber es ist still. Überall ist da nur Angst. Die Sorge, dass er nicht mehr aufwacht. Tränen, die von unten nach oben wollen. Der Frosch im Hals, der fast wehtut, und der Blick hinaus auf den Dorfplatz, vorbei an den Kameraleuten, an den Journalisten und Fotografen. Gedankenlos ins Leere, nur dasitzen und seine Gefühle unter Kontrolle halten. Solange es geht, mit Gewalt. Nicht weinen, nur warten, bis die Zeit vergeht. Warten auf ein Wunder, warten darauf, dass Tilda ihn anruft und ihm sagt, dass alles wieder gut ist. Dass Baroni aufgewacht ist. Und dass sie ihm glaubt. Dass es ihr leidtut, dass sie an ihm gezweifelt hat. *Wenn du sagst, dass du ihn gesehen hast, dann hast du ihn gesehen. Ich glaube dir, Max. Denk nach. Wie hat er ausgesehen?* Der Mann, der auf Baroni geschossen hat.

Ein Fremder, von dem Tilda nichts wissen will. Zwischen den Musikanten im Hintergrund war er, Max schaut dorthin, wo er ihn gesehen hat. Wo er glaubt, ihn gesehen zu haben. Mit Gewalt will er daran festhalten, besteht er darauf, dass der Mann mit den grauen Haaren und den Lederhosen es getan hat, dass es nicht nur in seiner Fantasie passiert ist. Dass er die Waffe gesehen hat, den Schalldämpfer, sein Gesicht. Es muss so sein. Warum sollte er sich irren? Warum sollte er sich so etwas einbilden? Und doch macht sich gleichzeitig, leise und schleichend, der Gedanke breit, dass das Gras ihm etwas vorgemacht hat, dass er etwas gesehen hat, das da nicht war.

Angst im Würstelstand. Dass Tilda doch Recht hat. Dass da jemand ist, dem Baroni Geld schuldet, der ihn töten will. Eine Altlast, die ihn einholt, von der Max nichts weiß. Etwas, das sein Freund ihm verschwiegen hat, Max traut es ihm zu. Da ist Angst, dass Max ein Grab ausheben muss, dass Baroni für immer unter der Erde verschwindet. Dass man denjenigen niemals findet, der auf ihn geschossen hat. Angst, dass es noch kälter wird. Dass das Zittern nicht mehr aufhört. Nie mehr. Die gaffenden Reporter, sein Leben, das wieder zum Albtraum wird. Nichts als Angst. Und Erinnerungen, die diese Angst vertreiben sollen. Was sie gemeinsam erlebt haben. Kleine, unschuldige Schlucke Vergangenheit.

- Weißt du was, Max?
- Nein.
- Wenn das mit den Würstchen gut läuft, könnten wir uns ein Grundstück in Kuba kaufen.

– Kuba?
– Wir bauen dort ein kleines Hotel, Max.
– Tun wir das?
– Wir liegen den ganzen Tag in der Sonne und zählen das Geld.
– Klingt gut.
– Wusstest du, dass der zweitgrößte Friedhof der Welt in Havanna ist?
– Nein.
– Der Friedhof soll wunderschön sein. Wir fahren da hin und schauen uns das an, was hältst du davon?
– Das machen wir.
– Sobald die Würstchen von allein laufen, sind wir weg.
– Das wird dann so etwas wie eine Bildungsreise?
– Genau.
– Aber ich möchte wieder zurück.
– Wohin?
– Heim. Egal, wie schön dieser kubanische Friedhof auch sein wird, ich werde zurück auf meine Terrasse wollen, Baroni. Ich würde den Blick auf unseren Friedhof sehr vermissen.
– Aber wir bauen doch ein Hotel in Kuba.
– Das lassen wir lieber sein, Baroni. Ich bin gerne hier im Dorf, das hier ist Heimat für mich. Für dich doch auch, oder?
– Aber in Kuba liegt unsere Zukunft, Max.
– Die Zukunft heißt *Baronis Würstchen*. Schon vergessen?
– Das ist ein Selbstläufer, alles ist auf Schiene, da kann nichts mehr schiefgehen. Wir müssen größer denken, Max. Kuba gehört quasi uns.
– Du weißt, dass du wahnsinnig bist, oder?
– Ja.
– Aber du wirst trotzdem hierbleiben, Baroni.
– Werde ich das?

– Ja.
– Und warum?
– Weil das ohne dich hier alles nichts ist.

Genau so fühlt es sich an. Und genau deshalb wird Baroni wieder aufwachen. Weil Max nicht ohne ihn sein will. Er will Baroni keinen Tag lang vermissen. Keinen. Ohne ihn weiterleben, von seiner Terrasse aus hinunter auf sein Grab starren. So weit darf es nicht kommen. Max spürt, dass es nicht passieren wird. Sein Telefon wird läuten und jemand wird ihm sagen, dass er wieder wach ist. Bald schon. Nur eine Frage der Zeit ist es, nur Geduld braucht er. Und diese Gewissheit, die ihm die Angst nimmt. Bis die Nacht kommt und er einschläft im Würstelstand. Sein Kopf auf der Bar, seine Wange berührt das Holz, kurz verschwindet er. Kurz wird er ausruhen, bis es wieder hell ist. Dann wird er diesen Mann suchen. Diesen Mann, der Baroni das angetan hat.

6

Damit hat er nicht gerechnet. Dass es so einfach sein würde. Dass er sich gar nicht bewegen müsste, dass es reichen würde, die traurigen Augen zu öffnen. Nach der Nacht wieder das Leben. Wie es weitergeht, ihn mitreißt, ihm keine Zeit gibt zu überdenken, was er tut. Was vernünftig ist und was nicht, ob er zurück ins Krankenhaus gehen soll oder hierbleiben. Denn kurz bevor die Sonne über den Berg kommt, passiert es. Das kleine Wunder im Morgengrauen, die gebratene Wachtel, die ihm in den Mund fliegt, während er aus dem Fenster des Würstelstandes starrt. Friedlich scheint alles. Doch dann taucht er auf. Wie aus dem Nichts der Fremde.

Die Reporter sind verschwunden. Keiner von ihnen hat sich die Mühe gemacht zu warten, bis der vermeintlich betrunkene Totengräber wieder aufwacht. Sie haben begriffen, dass es nichts zu holen gab, dass er ihnen nichts sagen würde, dass es ihm egal war, beobachtet zu werden. Dass ihm nichts peinlich war, dass da keine Scham war. Wahrscheinlich sind sie zurück in die Klinik und klettern bereits die Fassade hoch, um Bilder von Baroni zu machen. Geier, die über ihm kreisen, Geier, die von Max abgelassen haben, die verpassen, was gleich passieren wird. Was Max tut. Kopflos. Er stößt die Tür auf und rennt los.

Dieser Mann mit den Lederhosen und dem karierten Hemd. So, als wäre nichts passiert, spaziert er mit Wanderstöcken über den Dorfplatz. So, als hätte er nichts zu befürchten, als hätte er in seinem ganzen Leben noch nie jemandem etwas zuleide getan. Ein älterer Herr, gelassen und friedlich am Morgen. Schritt für Schritt Richtung Berg, vorbei am Würstelstand. Dort, wo es passiert ist, wo er geschossen hat, wo er Baronis Leben fast ausgelöscht hat. Dieser zufriedene Gesichtsausdruck, als Max näher kommt. Fast ist da ein Lächeln auf seinen Lippen, da ist keine Angst, er fürchtet sich nicht vor dem aufgebrachten Dörfler, der auf ihn zustürmt. Er geht einfach weiter, offensichtlich rechnet er nicht damit, dass die Erregung ihm gilt. Alles, was in Max vorgeht, diese unkontrollierte Wut. Und wie Max zum Sprung ansetzt. Er darf ihn nicht entkommen lassen, er hat ihn wiedererkannt, dieses Gesicht, sogar die Kleidung ist dieselbe. Keinen Zweifel gibt es. Das ist der Mann, der auf Baroni geschossen hat. Max muss ihn aufhalten, ihn stoppen, ihn zu Boden reißen, er muss dafür sorgen, dass er seine Strafe bekommt. Jetzt. Bevor er wieder verschwindet.

Ohne zu zögern, stürzt Max sich auf ihn. Schreit, wirft ihn um. Alles, was sich da angesammelt hat in ihm, kommt heraus, die Verzweiflung, die Angst, die Wut. Max geht über, er packt ihn, schüttelt ihn. Er darf kein Risiko eingehen, keinen Fluchtversuch zulassen, er muss ihn festhalten, ihn außer Gefecht setzen. Doch der fremde Mann wehrt sich nicht. Da ist nur sein überraschtes Gesicht, Verwunderung darüber, warum ihn jemand zu Boden wirft, warum ihm jemand Gewalt antut, ihn nicht loslässt. Völlig wehrlos ist er. Am Boden liegt er. Max hat die Oberhand, er wird ihn so lange festhalten, bis die Uniformierten da sind. So lange auf ihm sitzen bleiben, bis sie ihn einsperren. *Ruf die Polizei*, schreit Max. Er sieht die Verkäuferin aus der Bäckerei, wie sie alles beobachtet. *Ruf die verdammte Polizei.* Außer sich ist er. Wild schnauft er und schaut in das fremde Gesicht. In diese Augen, die alles über sich ergehen lassen.

Ein Wanderer am Boden. Die Stöcke noch in seiner Hand. Wahrscheinlich wollte er zum Joch hinauf, macht Urlaub hier. Unscheinbar alles an ihm, nichts deutet darauf hin, dass er etwas Böses getan haben könnte. Und trotzdem lässt Max nicht von dem Mann ab. Er hält das gefangene

Tier in Schach, er bedroht ihn, macht ihm klar, dass Widerstand zwecklos ist, dass aus der Bergtour nichts werden wird, dass er bereit ist, ihm wehzutun, wenn er seinen Mund nicht aufmacht. Wenn er weiter schweigt. Nichts sagt. *Warum hast du das getan?*, fragt er. *Warum hast du auf ihn geschossen? Sag mir, warum?* Doch der Fremde hat keine Antworten für Max, keinen Satz, der ihm weiterhilft. Nur diese Augen, die sagen, dass er auf sein Schicksal vertraut, dass sich bald alles aufklären wird, dass er nichts zu befürchten hat. Gar nichts. Im Gegenteil. Der Wahnsinnige, der über ihn herfällt, wird noch bereuen, sich mit ihm angelegt zu haben. Das sagen die Augen. Klar und deutlich. *Lassen Sie mich los. Das bringt doch nichts. Sie werden den Kürzeren ziehen.* Max kann es hören, seine Gedanken, wie er ihn bereits auslacht, während man von hinten die Polizeisirene hört.

Egal alles. Was sie sagen werden, wovon sie ihn überzeugen wollen, was Tilda mit ihm machen wird, wenn sie davon erfährt. Egal, ob sie ihn von dem Fremden wegzerren und ihm die Handschellen anlegen. Ob plötzlich er es ist, der am Boden liegt. Die zwei dummen Dorfpolizisten, die sich freuen, ihm endlich einmal am Zeug flicken zu können. Die ihm zeigen, was Sache ist, wie der Polizeigriff funktioniert, wie man einen gewalttätigen Mitbürger abführt. Und es genießen, weil Max sich unzählige Male über sie lustig gemacht hat, weil er sie schon oft hat alt aussehen lassen, sich in ihre Arbeit eingemischt hat. Sie ausgelacht hat. Jetzt ist Zahltag. Jetzt zeigen sie dem linken Faulenzer, was gute Polizeiarbeit ist. Was Recht ist und was Ordnung. Den Arm nach oben, bis er schreit.

– Lasst mich los, ihr Deppen.
– Maul halten, Max.
– Das ist der Mann, der auf Baroni geschossen hat.

– Unser Max. Schon wieder mal besoffen, oder was?
– Ihr müsst ihn in Verwahrung nehmen. Er war es. Ich habe gesehen, wie er geschossen hat.
– Ist schon gut, Max. Jetzt nehmen wir erst mal dich in Verwahrung, dann sehen wir weiter. Der Herr hier wird bestimmt Anzeige gegen dich erstatten wollen. Schaut also nicht gut aus für dich.
– Dieser Herr hier hat auf einen von uns geschossen.
– Die Marlies vom Bäcker sagt, du hast ihn angefallen und verprügelt.
– Wie blöd seid ihr eigentlich? Hört ihr nicht, was ich sage? Das hier ist euer Schütze, ihr müsst ihn nur noch einsperren.
– Mitkommen, Max. Und wenn du noch ein blödes Wort verlierst, stolperst du. Was meinst du, wie es sich anfühlt, wenn man mit dem Gesicht auf dem Asphalt bremst?
– Das tut mir weh, verdammt.
– Dann hör auf, dich zu wehren. Und halt endlich dein dummes Maul.
– Ihr müsst seine Personalien aufnehmen, ihr müsst überprüfen, wo er während des Festaktes war. Ihr müsst die Musikanten befragen, ob sie sich an ihn erinnern können. Er stand genau hinter der Tuba.
– Was wir tun müssen und was nicht, das werden wir entscheiden, Max. Nicht du.
– Ich will, dass ihr Tilda anruft.
– Es reicht.

Max brüllt. Der glatzköpfige Bulle flüstert in sein Ohr. *Dir werde ich es zeigen.* Dann führen sie ihn ab, zerren ihn zum Wagen und schieben ihn auf die Rückbank. Sie schonen ihn nicht, sie ignorieren, was er sagt, mit einem Lächeln tun sie ihm weh. Max Broll, der sich seiner Festnahme widersetzt. Max Broll auf der Rückbank des Polizeiautos.

Gezähmt, still, weil er keinen Ausweg mehr sieht. Weil er spürt, dass er verloren hat. Dass sie dem Fremden nichts tun werden. Im Gegenteil, sie entschuldigen sich bei ihm. Max hört, wie sie auf ihn einreden, beschwichtigende Gesten, kein Verhör. Sie lassen ihn gehen, anstatt ihn einzusperren. Sie raten ihm, Anzeige zu erstatten, bitten ihn, in der Wachstube vorbeizukommen. Ob er verletzt sei, fragen sie ihn. Ob sie einen Arzt rufen sollen. Keine Sekunde lang halten sie es für möglich, dass Max die Wahrheit sagt. Ein deutscher Tourist, nur ein paar Tage ist er im Dorf, zufällig hat er hier Halt gemacht. Keine Verbindung zu Baroni, nichts, das sie veranlasst, ihn zu überprüfen. Nur ein Opfer, dem sie in den Arsch kriechen. *Wir müssen uns bei Ihnen für das Verhalten dieses Mannes entschuldigen. Bitte, genießen Sie weiterhin Ihren Urlaub.*

Dann kümmern sie sich wieder um Max. Mit Freude und Hingabe bringen sie den Übeltäter in die Ausnüchterungszelle. Mit einem Grinsen zählen sie auf, was Max verbrochen hat. Widerstand gegen die Staatsgewalt, Beamtenbeleidigung, Erregung öffentlichen Ärgernisses, Körperverletzung. *Jetzt haben wir dich am Arsch*, sagt der Kahlkopf. *Ihr könnt mich mal*, sagt Max.

7

– Was du hier machst, hilft niemandem.
– Doch, Tilda.
– Ich habe ihn überprüfen lassen.
– Und?
– Nichts. Er war es nicht, er hat nichts damit zu tun.
– Das kann nicht sein.
– Er ist nur ein Urlauber aus Wuppertal, ein harmloser Pensionist. Er ist zum Wandern hier.
– Nein, nein, nein.
– Doch, Max. Egal, wie oft du es noch sagst, er war es nicht. Egal, wie dumm du dich noch anstellst, es ist Tatsache, dass er nichts damit zu tun hat. Er war sehr hilfsbereit, hat uns sogar sein Zimmer durchsuchen lassen. Keine Waffe, kein Motiv, gar nichts. Es gibt keinen einzigen Grund, warum er getan haben sollte, was du ihm vorwirfst. Keinen.
– Doch, Tilda.
– Es reicht wirklich, Max. Die Kollegen haben Recht, du hast den Bogen überspannt.
– Ich habe es in seinen Augen gesehen, Tilda.
– Dass er ein guter Mensch ist, oder was? Das ist er nämlich, er hat keine Anzeige gegen dich erstattet.
– Warum nicht?
– Weil er seine Ruhe will. Er hat gesagt, dass er auch schon Dinge gemacht hat, die ihm nachher leidgetan haben. Du hast großes Glück, dass du an ihn geraten bist. Ein anderer würde dich durch Himmel und Hölle klagen.
– Irgendetwas stimmt hier nicht.
– Mit dir stimmt etwas nicht, Max. Dein Freund liegt im Krankenhaus, er braucht dich, und du führst dich hier auf wie ein kleines Kind. Dich kann man keine Sekunde lang allein lassen.
– Es ist traurig, dass du mir nicht glaubst.
– Soll ich dir sagen, was traurig ist, Max?

– Was?
– Dass du nicht erwachsen werden willst.
– Ich weiß, was ich gesehen habe.
– Und ich weiß, dass ich keine Lust mehr habe, ständig Feuerwehr für dich zu spielen. Das ist das Leben, Max, und kein Spiel. Du kannst nicht immer nur tun, was dein Bauch dir sagt.
– Doch, Tilda, das kann ich.

So gerne er sie hat. Er schiebt den Suppenteller von sich und steht auf. So gerne er sie überzeugen würde, er lässt es sein. Kurz umarmt er sie noch, dann geht er. Er muss sich alleine um die Sache kümmern, Tilda wird ihm nicht helfen, ihm nicht glauben, egal, wie laut er noch schreit, dass dieser Mann es war. Konrad Maria Fink. Ein Deutscher, Musiker im Ruhestand, ein Unschuldslamm. Ein Name wie ein Faustschlag. Fink. Was für ein abgebrühter Kerl, was für ein Lügner. Keine Anzeige gegen den Verrückten, der ihn verprügelt hat, keine Probleme mit der Polizei, kein böses Wort. Der Fink will seine Ruhe. Nur ein Tourist.

Max weiß, in welcher Pension er wohnt, er weiß, dass es da keine Vorstrafen gab in seinem Leben, mehr hat er aus Tilda nicht herausbekommen. Der freundliche Konrad Maria Fink hat sie an der Nase herumgeführt, hat alle glauben lassen, es sei Unsinn, was Max sagt. Sinnlose Gewalt, die er ablehne. Konrad Maria Fink hat nichts damit zu tun. Alle sind sich einig. Nur Max sagt etwas anderes.

Er besteht darauf. Weil dieses Bild nicht weggeht. Der Mann mit der Waffe. Konrad Maria Fink in Lederhosen, mit kariertem Hemd. Er war es. Und Max wird dafür sorgen, dass es die Welt erfährt. Tilda, die dämlichen Polizisten, die ihm fast den Arm gebrochen haben, Baroni. Er ist es ihm schuldig. Max wird sich darum kümmern, dass derjenige bestraft wird, der auf Baroni geschossen hat. Warum auch immer Fink es getan hat. Ob er ein Auftragsmörder ist, getarnt als Tourist, oder ein Fan, der in die Geschichte eingehen will, Max wird herausfinden, was dahintersteckt. Warum Baroni Schläuche im Mund hat, warum er nicht von alleine atmet und mit ihm Schnaps trinkt. Kein Wasser, sondern Schnaps. Vertraut mit seinem Freund. Betrunken, umarmt, bald wieder. Max betet dafür, jede Sekunde, in der er an ihn denkt. Bald werden sie die Gläser wieder gemeinsam füllen, im Würstelstand sitzen und hinaus auf den Dorfplatz schauen. Und sie werden lachen über das, was passiert ist. Darüber, dass Baroni dem Teufel von der Schippe gesprungen ist. Dem Mann mit den Wanderstöcken und den kalten Augen.

Konrad Maria Fink. Pension Seerose, auch wenn da weit und breit kein See ist. Fink hat dort ein Zimmer gemietet. Tilda hat ihn zwar angefleht, vernünftig zu sein, nicht noch einmal auszurasten, sich von ihm fernzuhalten, doch Max denkt nicht daran. Er wird Fink besuchen, er wird mit ihm reden und herausfinden, warum das alles passiert ist. Warum er da ist. Geschossen hat. Warum er nicht einfach davonläuft.

Max geht die Dorfstraße hinunter, am Kindergarten vorbei, schnell. Bevor der Fremde abreist, will er es hören. Max will wissen, ob er Recht hat. Er will wissen, warum dieser Fremde Baroni das angetan hat. Mit ihm reden. Max beeilt sich. Nur noch Fink ist wichtig. Wie ein Strohhalm ist er, an dem er sich festhält. Weil der Wind geht. Weil alles rund um ihn herum zusammenbricht. Weil Baroni dabei ist zu sterben.

8

Wieder keine Angst. Wie er auf dem Baumstamm sitzt und Pilze säubert. Ein Korb auf seinem Schoß, ein Taschenmesser in seiner Hand, er ist ganz allein. Da ist niemand, der dem deutschen Wanderer helfen würde, keine Polizisten, keiner, der ihn beschützt. Da sind nur Max und Fink. Mitten im Wald auf einer Lichtung zwei Männer. Ein Gespräch, keine Gewalt. Fink bleibt sitzen, als er Max sieht, keinen Augenblick lang will er aufspringen und rennen, das Einzige, das ihm wichtig scheint, sind die Steinpilze, um die er sich hingebungsvoll kümmert.

Max hat ihn nicht angetroffen in der Pension, die Wirtin hat ihm gesagt, dass ihr Gast im Wald unterwegs sei. Sie habe ihm Tipps gegeben, wo er Pilze finden könne. Max ist ihm gefolgt, über drei Stunden lang hat er ihn gesucht. Kurz bevor er umkehren wollte, hat er ihn entdeckt. Konrad Maria Fink. Sonnenstrahlen, die auf den moosigen Boden fallen, friedlich wirkt alles, ein älterer Herr, der sich die Zeit vertreibt. Nichts scheint bedrohlich, alles, woran Max beim Aufstieg gedacht hat, klingt plötzlich lächerlich. Dass er auf einen Mörder treffen würde, auf einen Psychopathen, dass es wahrscheinlich zu einem Kampf kommen würde. Nichts davon. Max nähert sich, er geht auf ihn zu, die Beute liegt wehrlos vor ihm, er muss nur noch zubeißen. Keine Waffe, die auf Max gerichtet ist, kein böses Wort. Nur ein deutscher Tourist im Wald. Konrad Maria Fink lächelt. Er macht den Mund auf.

- So sieht man sich wieder.
- Du wirst dich nicht rühren, Fink. Und das Messer bleibt, wo es ist.
- Keine Angst, mein Guter.
- Ich habe keine Angst.
- Dann setzen Sie sich doch. Es ist wirklich schön hier, ein herrliches Fleckchen Erde.

– Was soll das?
– Die Hausdame hat mir gesagt, dass es hier die besten Steinpilze der ganzen Region gibt. Eigentlich ist noch keine Pilzsaison, aber hier findet man schon welche. Sie will sie am Abend für mich zubereiten. Eine reizende Frau ist das.
– Hör auf damit.
– Übrigens ist auch Ihre Mutter ein überaus entzückendes Wesen. Sie hat sich sehr für Sie eingesetzt.
– Aufhören, habe ich gesagt.
– Sie hat mich gebeten, von einer Anzeige abzusehen. Was natürlich gar nicht nötig gewesen wäre, weil ich ja ohnehin nie vorhatte, Ihnen Probleme zu bereiten. Ich denke mir, es muss sich alles um ein großes Missverständnis handeln. Ein Trugschluss, der Sie quält.
– Du weißt, warum ich hier bin.
– Ich vermute, es ist wegen Ihres Freundes. Sehr tragisch, was da passiert ist, ich habe es ja mit eigenen Augen mit ansehen müssen.
– Du hast geschossen.
– Nein, das habe ich nicht.
– Ich habe es gesehen.
– Ihre Mutter sagt, dass Sie wohl etwas durcheinander waren an diesem Tag.
– Ich weiß, was ich gesehen habe.
– Sie sind also davon überzeugt, dass ich auf Ihren Freund geschossen habe.
– Ja.
– Und warum sollte ich so etwas tun?
– Sag du es mir. Irgendeinen Grund muss es geben.
– Egal, wie oft Sie es noch wiederholen. Ich habe nichts damit zu tun.
– Ich kriege dich.
– Sie sind hartnäckig, das gefällt mir. Aber wie gesagt, Sie werden sich die Zähne an mir ausbeißen.

– Du warst es.
– Sie können mich verprügeln, wenn Sie wollen, Sie können mich foltern, es wird sich aber nichts daran ändern, dass ich es nicht war. Deshalb werde ich jetzt meine Pilze nehmen und wieder hinunter ins Tal marschieren. Anschließend werde ich herrlich essen und morgen werde ich mit dem Zug weiter nach Italien fahren.
– Du wirst nicht einfach abhauen.
– Abfahrt ist um elf Uhr siebenundzwanzig. Sie können mich ja begleiten, wenn Sie wollen.
– Warum sollte ich?
– Am liebsten würden Sie mich in der Luft zerreißen, stimmt's?
– Ja.
– So lange, bis ich Ihnen sage, was Sie hören wollen.
– Genau.
– Ich darf Ihnen einen Rat geben, mein Lieber. Lassen Sie es gut sein. Wie ich gehört habe, hat Ihr Freund überlebt, er wird das Ganze überstehen und es wird Gras über die Sache wachsen. Und wer auch immer dafür verantwortlich ist, er wird nicht wiederkommen.

Max steht da und schaut. Hört zu. Versucht einzuordnen, was da geschieht, was Fink mit ihm macht. Er nimmt ihm die Fackel aus der Hand, macht ihn wehrlos. Mit welcher Ruhe er dasitzt und ihn entwaffnet, mit einem Lächeln, mit klaren Worten, die keinen Zweifel offen lassen. Konrad Maria Fink ist sich sicher. Nichts kann ihm passieren, keiner außer Max hat ihn gesehen, niemand sonst hat auf ihn geachtet, die Polizei hat alle befragt. Da ist nichts. Nur das, was zwischen Max und diesem Mann ist. Diese Gewissheit, die Max antreibt, die mit jedem Wort größer wird, das aus dem deutschen Mund kommt. Diese Gelassenheit mitten im Wald, diese innere Ruhe, die wehtut. *Ich weiß, dass du es warst. Dass du mir drohst. Wenn ich dich nicht in Ruhe lasse, werde ich es bereuen. Du wirst auch mich umbringen. Das willst du mir doch sagen, oder?* Max hat es zwischen seinen Worten gehört. Laut und deutlich. Doch da ist nichts, das es beweisen würde, es sind nur die Gedanken eines kleinen Gemeindearbeiters, die nur er kennt. Von außen ist es nur ein verzweifelter Versuch, einen Schuldigen zu finden, der für das Drama verantwortlich ist. Nichts sonst. Max steht da und schaut zu, wie Fink aufsteht und geht. Einmal dreht er sich noch zu ihm um, einmal lächelt er noch. Dann verschwindet Fink im Wald.

9

Baroni in diesem Zimmer. Seit fünfzehn Stunden sitzt Max schon bei ihm. Er ist aus dem Wald gelaufen und direkt zu ihm gefahren, er hat den ganzen Abend mit ihm geredet, die ganze Nacht. Zwei Freunde verbunden. Immer wieder hat Max ihm geschildert, was er gesehen hat. Immer wieder hat Max ihm versprochen, dass er sich darum kümmern wird. Dass der Schütze dafür bezahlen wird müssen. Er hat seinem Freund alles erzählt, ihm versichert, dass es das Beste sei, was er tun könne. Der Sache auf den Grund gehen. Max flüstert, er will nicht, dass die Schwestern oder der Polizist vor der Tür ihn hören, dass sie ihn für verrückt halten.

Er diskutiert mit Baroni im Koma. Über das, was passieren wird. Darüber, ob es sinnvoll ist, was er vorhat. Zweifel werden laut, Zweifel werden vom Tisch gewischt. Nur ein Gespräch zwischen Freunden, Fantasie und Wirklichkeit, der tiefe Wunsch, dass Baroni seine Augen wieder aufschlägt. Dass nicht nur er es hört, was der verrückte Fußballer sagt. Ein verzweifelter Dialog am Morgen, Baronis Lippen, die still vor ihm liegen. Seine Stimme, die Max mit Gewalt hören will. Verbundenheit, die Hoffnung macht.

– Lass es gut sein, Max.
– Hier nütze ich dir doch nichts, Baroni.
– Doch, Max. Es tut gut, dass du da bist.
– Du wirst jetzt schleunigst wieder aufwachen, mein Lieber. Ich habe keine Lust, ewig hier im Krankenhaus herumzusitzen. Es ist Sommer, Baroni, wir sollten in unseren Liegestühlen sitzen und über das Leben reden.
  Das werden wir.
– Ich bin bald wieder da, Baroni. Mach dir keine Sorgen.
– Doch, Max, ich mache mir Sorgen. Ich weiß, was für ein Idiot du sein kannst.

– Ich verspreche dir, dass ich mein Bestes geben werde.
– Das befürchte ich.
– Es ist immer noch alles gut gegangen, oder?
– Da habe ja auch ich auf dich aufgepasst.
– Das wird jetzt auch, Baroni. Du hältst hier die Stellung und ich kümmere mich um den Drecksack.
– Wo willst du denn hin?
– Ich werde ihn nicht aus den Augen lassen, bis ich weiß, was da los ist. Das verspreche ich dir.
– Ich habe keine Feinde, Max.
– Das weiß ich. Und genau deshalb muss ich herausfinden, warum er auf dich geschossen hat.
– Und was sagt Tilda dazu?
– Ich werde sie nicht um Erlaubnis fragen, Baroni.
– Solltest du aber, Max. Sie hat meistens Recht, das weißt du.
– Hey, mein Junge, du spielst in meiner Mannschaft und nicht in ihrer. Es ist ganz wichtig, dass wir jetzt zusammenhalten. Wenn es nach Tilda geht, fährt unser Freund wieder weg und kommt nie mehr zurück. Sie hat ihn abgehakt, für sie kommt er als Täter nicht in Frage.
– Vielleicht stimmt das ja auch.
– Das werden wir sehen.
– Hier wird scharf geschossen, Max. Jemand will, dass ich sterbe. Wer sagt, dass er es nicht noch einmal versuchen wird?
– Draußen vor der Tür sitzt ein Beamter. Dir wird nichts passieren, du wirst rund um die Uhr bewacht.
– Und du?
– Was soll mit mir sein?
– Wer sagt, dass nicht auch du noch eine Kugel abbekommen wirst?
– Blödsinn, Baroni.

– Du solltest die Finger davon lassen und dich ruhig verhalten.
– Ich werde dieses Arschloch zum Reden bringen.
– Du bringst dich in Gefahr, Max.
– Aber er hat auf dich geschossen.
– Und?
– Schau dich doch an, Mensch. Du atmest durch einen Schlauch, du wirst künstlich ernährt. Du bist am Ende, Baroni.
– Bin ich nicht. Du wirst schon sehen, Baroni will be back.
– Ja.
– Ich muss den Stand aufmachen. Und dann müssen wir uns endlich mal eine Frau suchen.
– Eine?
– Für jeden eine.
– Ich brauch keine Frau. Ich hab ja dich, Baroni.
– Wir sollten jetzt langsam vernünftig werden, findest du nicht auch? Frau, Kinder, Familie.
– Und Würstchen.
– Ja.
– Wir werden alt, Baroni.
– Das werden wir, Max, versprochen.
– Ich komme bald wieder.
– Ich kann dir das nicht ausreden, oder?
– Nein.
– Du sturer Hund du.
– Ich halte dich auf dem Laufenden, mein Freund.
– Pass auf dich auf, Max.

Er küsst Baroni auf die Stirn und geht hinaus. Er schaut nicht zurück. Er weiß, wenn er ihn das nächste Mal sieht, wird Baroni ihn anlachen. Baroni wird leben, er wird aus diesem Bett wieder aufstehen, alles wird wieder so sein, wie es früher war. Daran glaubt er. Mehr ist da nicht mehr, keine Angst, dass es anders sein könnte, keine Zweifel. Max wird jetzt nach Hause fahren und eine Tasche packen, er wird sich von Tilda verabschieden und zum Bahnhof fahren. Er wird ihr nicht sagen, wohin er will, nur dass er wegmuss. Dass er das Warten nicht mehr erträgt. Kein Wort über Fink, kein Wort darüber, dass er sich so lange festbeißen wird, bis er weiß, was passiert ist. Nichts. Nur Max auf dem Weg nach Italien. Nur ihr verzweifelter Sohn, der nicht zusehen will, wie er wieder einen Menschen verliert.

Max. Klamotten und Geld. Weil er nicht weiß, was auf ihn zukommt, wo er hinfährt. Nur dass er in zwei Stunden in einen Zug steigen wird. Max glaubt daran, dass Fink die Wahrheit gesagt hat, dass er tatsächlich am Bahnhof sein wird. Warum hätte er lügen sollen. Elf Uhr siebenundzwanzig, dieses zynische Schwein hat ihn eingeladen mitzukommen. Dass Max so verrückt ist, diese Einladung anzunehmen, das weiß Fink noch nicht. Dass er sich an ihm festsaugen wird, dass er ihn nicht mehr aus den Augen lassen wird. Max und Fink. Sie teilen ein Geheimnis. Niemand sonst weiß es, vermutet es. Dass Fink mehr ist als ein deutscher Tourist, mehr als ein harmloser älterer Herr in Lederhosen. Konrad Maria Fink ist ein Verbrecher. Er hat auf Baroni geschossen, kaltblütig. Und er wird Max erzählen, warum er das getan hat, irgendwie wird Max ihn dazu bringen. Er wird Finks Sachen durchsuchen, er wird die Pistole und den Schalldämpfer finden, Beweise. Es muss etwas geben, irgendetwas.

Weil er es nicht ertragen würde, einfach still zu stehen. Zu warten. Baronis Hand zu halten. Max fährt über die Autobahn. Zurück ins Dorf, zurück in seine Wohnung, in sein Schlafzimmer. Er packt, ruft den Bürgermeister an und bittet ihn um Urlaub, ein paar Tage Auszeit wegen dem, was passiert ist. Der Totengräber aus der Nachbargemeinde werde sich um den Friedhof kümmern. Er werde bald wieder da sein, sagt Max. Dann legt er auf und geht zu Tilda. Die Stiegen hinunter in die Küche. So, als ob sie auf ihn gewartet hätte, sitzt sie hinter dem Tisch und schaut zur Tür. Eine Tasse in ihrer Hand, sie schaut ihn an und weiß, dass er dabei ist, etwas Dummes zu tun. *Ich kann dich nicht davon abhalten, oder?* Max schüttelt den Kopf und beugt sich über den Tisch. Umarmt sie. *Nur ein paar Tage*, sagt er. *Dann bin ich wieder da. Bitte, sei mir nicht böse. Ich kann das hier nicht. Zuschauen, wie er stirbt*. Dann fährt er. Ohne zu wissen, was passieren wird. Zum Bahnhof, er vertraut darauf, dass Fink da sein wird. Baronis Mörder wird in den Zug steigen. Und Max wird sich zu ihm setzen.

10

Was Hanni immer zu ihm gesagt hat. Die Frau, die er heiraten wollte, die ihn dazu gebracht hat, sie zu lieben. *Du denkst mit dem Bauch, Max. Trägst dein Herz in der Hand vor dir her und rennst durch die Straßen. Du musst ruhiger werden, Max, gelassener. Einatmen, ausatmen. Und dann erst der nächste Schritt.* Wie ein Wildpferd, das sie zähmen wollte. Mit Umarmungen und Küssen, mit Nähe, nach der er sich jetzt sehnt. Zärtlichkeit, die er vermisst, vertraute Haut, Heimat, Hanni. Sie ist nicht mehr da. Hält ihn nicht mehr fest, sie sagt ihm nicht mehr, was er tun soll. Was er nicht tun soll. Sie sitzt nicht neben ihm in diesem Zug und flüstert in sein Ohr. Sie schweigt. Ihre Stimme ist weit weg. Seit zwei Jahren ist sie tot.

Landschaft zieht an ihm vorbei. Kurz nach Verona denkt er an sie. Max sitzt Fink gegenüber, daneben eine Nonne, zu dritt sind sie in dem Abteil. Die Philippinin sorgt dafür, dass es friedlich bleibt. Eine Abgesandte des Himmels, die für die beiden Männer betet, auf dem Weg zum Meer die schwarzweiße Kutte, die verborgenen Haare, ihr Gesicht. Und wie sie versucht, das Abteil mit positiver Energie zu füllen und die Spannung zwischen den beiden Männern aufzulösen. In ihrem Gesicht sieht man, dass sie verstehen möchte, was da vor sich geht, dass sie am liebsten fragen würde, ihre Hilfe anbieten, doch sie sagt nichts. Niemand spricht.

Tatsächlich war Fink am Bahnsteig gestanden, er hat gestrahlt, als er Max sah. *Sie wollen tatsächlich mit mir reisen?*, fragte er. *Wie schön.* Dann stieg er ein und ging voraus. Max folgte ihm ohne ein Wort, es herrschte Krieg. Ohne Waffen zogen sie in die Schlacht, kein Blut floss, es gab keine Berührung, da war kein Lärm. Auch im Abteil ist es nur still, nur das Schmatzen der Nonne ist laut. Wie sie eine Orange schält und aussaugt. Und wie Max Fink anstarrt. Er ist beherrscht, hält sich zurück, sagt nichts, antwortet nicht. *Wir könnten doch ein bisschen plaudern. Warum sagen Sie denn nichts? Ich liebe Italien, Sie auch?* Max hat keinen Plan, er will nicht reagieren auf Finks Einladung zum Gespräch, er will keinen Smalltalk mit ihm führen, nicht so tun, als wäre nichts geschehen. Als würde Baroni nicht auf der Intensivstation liegen. Max wartet ab. Weil es keine Anzeichen dafür gibt, dass Fink davonlaufen wird, dass er nicht wieder von der Toilette zurückkommen könnte. Der deutsche Wanderer lächelt Max freundlich an, er verhöhnt ihn, provoziert ihn. Wenn die Nonne nicht im Abteil wäre, würde es eskalieren, Max weiß es.

Zwei Männer, die sich anstarren. Unglaublich ist es. Dass Max in diesem Zug sitzt und immer weiter Richtung Süden fährt, ohne zu wissen, wohin. Dass er beschließt, seinen Mund doch zu öffnen, mit ihm zu reden. Weil es die einzige Möglichkeit ist herauszufinden, was passiert ist. Seine Wut hinunterschlucken und sich mit ihm unterhalten. So lange mit ihm reden, bis Fink einen Fehler macht. Max atmet ein, atmet aus, so wie Hanni es gesagt hat. Er versucht so zu tun, als wäre es das Normalste auf der Welt. Nur ein Gespräch. Max und Fink kurz nach Verona.

- Wie lange willst du dieses Theater noch spielen?
- Na Gott sei Dank. Ich dachte schon, Sie möchten sich gar nicht mehr mit mir unterhalten. Wäre doch wirklich schade, jetzt, wo wir gemeinsam reisen.
- Wie lange willst du mich noch verarschen?
- Ich habe Zeit.
- Soll das heißen, dass ich Recht habe?
- Nein.
- Du hast auf Baroni geschossen.
- Das wird jetzt langsam langweilig, finden Sie nicht auch? Egal, wie oft Sie es noch wiederholen, ich wer-

de wohl kaum ein Geständnis ablegen. Also lassen Sie uns doch über etwas anderes reden.
– Worüber sollte ich mit dir sonst reden?
– Darüber, wo unsere schöne Reise hingeht.
– Du bist nicht ganz dicht, oder?
– Schauen Sie doch hinaus, wie schön diese Welt ist. Das habe ich mir immer gewünscht. Zu reisen, Länder zu entdecken, mich treiben zu lassen.
– Und Leute zu erschießen.
– Wenn Sie meinen.
– Du wirst mich nicht mehr los. Ich werde so lange bei dir bleiben, bis du mir sagst, was hier vor sich geht.
– Das ist schön zu hören. Wir werden uns richtig gut kennenlernen, ich bin mir sicher, dass wir noch viel Spaß miteinander haben werden. So impulsiv, wie Sie sind, so leidenschaftlich. Das wird richtig großartig.
– Ich bin nicht zum Vergnügen hier.
– Ich schon. Ich scheine aber der Einzige zu sein. Unsere Nonne hier betet ununterbrochen und Sie suchen einen Mörder. Schade eigentlich. Es könnte alles so entspannt sein.
– Wo hast du die Waffe versteckt? In deiner Tasche? Am Körper? Oder hast du sie in den Bach geworfen?
– Die Tasche haben Sie doch bestimmt schon durchsucht, als ich auf der Toilette war, oder?
– Nein.
– Aber um Gottes willen, das ist doch das Erste, was ein vernünftiger Mensch machen würde.
– So dumm bist du nicht.
– Das freut mich, dass Sie das sagen.
– Damit kommst du nicht davon.
Das werden wir ja sehen.
– Das heißt also, du gibst es zu.
– Nein, das heißt es nicht.

– Ich bin mir nicht sicher, ob du das überleben wirst, wenn du so weitermachst.
– Sie werden mir nichts tun, davon bin ich überzeugt. Aus irgendeinem Grund glaube ich, dass Sie ein guter Mensch sind, auch wenn Sie über mich hergefallen sind wie ein wildes Tier. Ich bin ganz schön erschrocken, das können Sie mir glauben.
– Wenn das noch lange so weitergeht, garantiere ich für nichts mehr.
– Sie müssen das sportlich sehen, mein Lieber.
– Sportlich?
– Wir könnten uns doch darauf einigen, dass wir etwas respektvoller miteinander umgehen. Es besteht ja die kleine Restchance, dass ich unschuldig bin, oder?
– Nein.
– Und wenn doch? Dann haben Sie einen völlig Fremden zu Unrecht beschuldigt, ihn angegriffen und belästigt. Solange nicht wirklich feststeht, was passiert ist, sollten wir über Waffenstillstand reden.
– Das ist doch lächerlich.
– Kommen Sie schon, Sie haben nichts zu verlieren. Sollte sich herausstellen, dass Sie Recht haben, sind Sie ein Held. Sollten Sie sich geirrt haben, verzeihe ich Ihnen. Aber nur, wenn Sie jetzt Ihre Krallen einfahren.
– Was willst du eigentlich von mir?
– Das möchte ich gerne von Ihnen wissen. Aber wir können das ja bei einem Kaffee im Speisewagen herausfinden, was meinen Sie?

Ein Teufel mit vier Fingern, denkt Max. An Finks rechter Hand fehlt der Daumen. Max hat es bis jetzt nicht gesehen, Fink streckt ihm seine verstümmelte Hand entgegen. Vier Finger nur. Und eine gemütliche Plauderei mit einem Psychopathen im Speisewagen. Die Krallen einfahren, wie Fink sagt. Die Entscheidung, mit ihm zu kommen, ist längst getroffen. Max muss sich arrangieren, auf diese spezielle Situation reagieren. Nicht mit Gewalt, sondern mit Ruhe und Gelassenheit. Einatmen, ausatmen. Überlegen, was als Nächstes kommt. Wie er das Steuer übernehmen kann. Schach, nicht Fußball. Keine Ellenbogen, keine blutenden Nasen. Kaffee mit Blick auf die italienische Landschaft. Neugier, die ihn plötzlich antreibt, die Wut vertreibt, die Verzweiflung nach unten drückt, die Gedanken an Baroni, an die Schläuche in seinem Mund. Keine Tür, die er zumachen will, bevor sie überhaupt offen ist. Max nickt einfach und nimmt Finks verkrüppelte Hand. Drückt sie und schaut ihm in die Augen, ohne Angst. Max und Fink. Nur dasitzen und abwarten, ihm zuhören, ihm Fragen stellen, schweigen mit ihm, ihn beobachten. Was mit seiner Hand ist, was seine Augen machen, sein Mund. Max forscht, er gräbt, Schaufel für Schaufel, egal, wie lange es dauern wird, Max wird dieses Grab ausheben, alles über ihn erfahren. Warum Fink so gelassen ist, warum er Spaß daran hat, ihn an der Nase herumzuführen. Warum das alles passiert. Warum der Daumen an seiner Hand fehlt.

11

Voghera. Ein kleiner Bahnhof im Nirgendwo, an dem sie umsteigen. Max' Fragen, wo die Reise hingehen soll, bleiben unbeantwortet. *Lassen Sie sich überraschen*, sagt Fink. Sonst nichts. Nur dass es ans Meer gehe, dass es schön werde. Dass er sich mit dieser Reise einen langersehnten Wunsch erfülle. Nichts, was Max weiterhilft, nichts, was den deutschen Wanderer zum Monster macht, nichts außer der verstümmelten Hand. Kein Grund, auf Baroni zu schießen. So wie Tilda es gesagt hat. Fink wirkt harmlos, worüber er spricht, ist belanglos. Fußball, Musik und Italien. Er schwärmt vom guten Essen, von dieser deutschen Nationalmannschaft, die den Weltmeistertitel geholt hat. Schweinsteiger, Lahm und die anderen Namen der Helden, die einzige Verbindung, die sichtbar ist. Fußball. Der erfolgreichste österreichische Legionär aller Zeiten. Erst durch die Medien habe er erfahren, wen es da getroffen hatte, behauptet Fink. *Was für ein Drama*, sagt er. *Ein begnadeter Fußballspieler war das. Eine Schande, dass es so mit ihm zu Ende geht.* Fink heuchelt Mitgefühl und Max würde ihm am liebsten wieder an die Gurgel gehen. Dass der deutsche Drecksack es wagt auszusprechen, dass Baroni das nicht überleben könnte.

Max kocht innerlich, beherrscht sich aber, tut nichts. Hört weiter zu, wie Fink sich über den großen Sohn des kleinen Alpendorfes auslässt, wie er die Zeit heraufbeschwört, in der Baroni in Köln gespielt hat, in Spanien. Der Fußballgott aus den Bergen, der Bauernsohn, der es auf internationales Parkett geschafft hat und nun künstlich beatmet wird. Fink bekundet seine Anteilnahme, er spricht Genesungswünsche aus. *Ich drücke Ihrem Freund die Daumen.*

Was für ein zynisches Schwein, denkt Max. Er steht neben Fink am Bahnsteig in Voghera und schweigt. Gleis 3. Seit zwanzig Minuten sagt er nichts mehr, reagiert nicht mehr, wenn Fink etwas sagt. Max ignoriert ihn. Wieder zweifelt er. Ob es sinnvoll ist, was er hier tut. Fink wird nicht reden, er wird niemals die Wahrheit sagen. Nicht, wenn Max tut, was Hanni ihm gesagt hat. Mit Ruhe und Gelassenheit wird er Fink nicht dazu bringen, sein dreckiges Maul aufzumachen. Einatmen, ausatmen. Das ist zu wenig, Max weiß es und spuckt auf die Geleise. Wie lange er das noch kann, weiß er nicht. Wie Fink ihn verhöhnt, wie er auf seinem hohen Ross sitzt und auf Max herunterschaut. Überlegenheit, kurz bevor der Zug kommt. Der Zug nach Genua. Bahnsteig 2.

Alles wirkt friedlich, Reisende warten, überall stehen Koffer. Max beobachtet eine schwarze Frau, die den italienischen Schaffner in schlechtem Englisch nach einem Anschlusszug fragt. Nur Alltag ist es. Irgendwo in Italien das Leben. Sinnlos alles. Weil es niemandem hilft. Weil Baronis Augen nicht aufgehen, nur weil er hier ist und zuschaut, wie ein Paar Mitte fünfzig sich streitet. Ein Mann und eine Frau, beide in violetten T-Shirts. Alte vertraute Liebende, auch die Jacken in derselben Farbe, die Koffer. Wie sie sich anschreien. Dann schweigen. Und wie die schwarze Frau verzweifelt ihre Frage nach dem Anschlusszug wiederholt und der italienische Schaffner genervt den Kopf schüttelt. Und Fink, den Max einen Augenblick lang aus den Augen lässt. Kurz nur. Ein paar Sekunden lang.

Attenzione, treno in transito al binario 3, sagt die Stimme aus dem Lautsprecher. *Achtung, Bahnsteig 3, Zug fährt durch*. Planlos steht Max herum und wartet. Was er tun soll. Was er sagen soll. Ob er in den Zug steigen soll, der gleich kommt. Gleis 2, Richtung Genua. Einsteigen und weiter Fink gegenübersitzen, machtlos, ihn weiterhin anstarren, in seinem Gesicht lesen. Binario 2. Und auf Gleis

3 der Güterzug, den Max schon hören kann. *Attenzione, treno in transito.* Alles ist plötzlich laut. Bunte Container rauschen mit einem Höllentempo an Max vorbei. Schnell geht alles, wie ein Donner ist es, ein Schnitt durch die Welt. Und fast gleichzeitig der Personenzug, der am anderen Gleis einfährt. Bilder, die sich aneinanderreihen, ein weiteres Drama, das seinen Lauf nimmt.

Ein Schrei. Ganz in der Nähe die Frau in dem violetten T-Shirt, Max sieht ihren verzweifelten Mund, ihre Hände, die sie vor das Gesicht schlägt. Ihre aufgerissenen Augen, die ihn suchen. Ihren Mann im violetten T-Shirt, der verschwunden ist. Eben stand er noch neben Max, jetzt ist er nicht mehr da. Von einer Sekunde zur anderen hat er sich aufgelöst. Die Frau weint, schreit hysterisch herum, außer sich. Weil sie weiß, was passiert ist. Dass es nur diese eine Möglichkeit gibt. Dass der Mann, den sie liebt, tot ist. Die erschütternde Erkenntnis, noch bevor der letzte Waggon des Güterzuges durch den Bahnhof rauscht. Die Frau weiß es. Und auch Max. Obwohl niemand es gesehen hat. Obwohl niemand auf die Idee kommen würde, dass jemand gestoßen wurde. Mit Absicht vor den Zug. Ohne Grund am Nachmittag.

Die Hölle. Und keine Zeit zu reagieren. Das Feuer zu löschen, etwas zu unternehmen, zu helfen, die Frau in den Arm zu nehmen, sie zu beruhigen. Nach den Leichenteilen zu suchen, nach dem zerquetschten, zermalmten Mann, der irgendwo Kilometer weiter liegen bleiben würde. Keine Zeit, weil der Zug nach Genua hält, weil er Verspätung hat, weil er in einer Minute schon wieder weiterfahren wird. Weil Max in diesen verdammten Zug steigen muss. Jetzt. Weil er Fink sieht, wie er sich noch ein Mal kurz zu ihm umdreht und mit einem Lächeln im Zug verschwindet. Keine Zeit. Nur das Schreien der Frau und diese Entscheidung, die Max nun treffen muss. Weil er Fink sonst wahrscheinlich nie wieder sehen würde, weil er spurlos verschwinden würde. Deshalb steigt auch Max in diesen Zug. Anstatt bei der Frau zu bleiben, fährt er weiter. Anstatt der Welt zu sagen, dass Fink es wieder getan hat, dieses Dreckschwein im Schafspelz. Vor aller Augen. Max will es nicht glauben. Dass er nichts dagegen tun kann. Gar nichts.

Nur ein Zug, der langsam aus dem Bahnhof fährt. Als wäre nichts geschehen, sucht Fink sich einen Sitzplatz. Er hebt seinen Koffer auf die Ablage und lässt sich gemütlich nieder. Völlig ruhig ist er, so als hätte die Welt da draußen nichts mit ihm zu tun, als hätte er keine Ahnung von dem, was sich draußen abspielt. Was sie zurücklassen. Konrad Maria Fink sitzt da und schließt seine Augen. Er legt seinen Kopf nach hinten und räkelt sich wohlig wie eine Katze. Gerade hat er eine Maus zerrissen, jetzt entspannt er, schnurrt. Ohne Sorgen auf dem Weg zum Meer. Dass Max ihn anbrüllt, ignoriert er. Dass er vor ihm steht und auf ihn einredet. Erst als Max ihn zu schütteln beginnt, reagiert er.

- Um Gottes willen, hören Sie doch damit auf.
- Du verdammtes Schwein.
- Was ist denn nun schon wieder? Werden Sie jetzt wieder gewalttätig?
- Du willst es nicht anders.
- Jetzt hören Sie doch um Himmels willen auf mit dem Unsinn. Wir haben so schön geplaudert miteinander. Das müssen Sie doch nicht gleich wieder kaputtmachen. Lassen Sie uns friedlich bleiben, es geht ja um nichts, oder?
- Ich will wissen, warum du das getan hast.
- Was denn schon wieder?
- Der Mann am Bahnsteig. Du hast ihn vor den Zug gestoßen.

– Was habe ich?
– Du hast ihn umgebracht.
– Das haben Sie gesehen?
– Nein.
– Aber Sie sind sich schon wieder absolut sicher, richtig?
– Ja.
– Dass ich mal eben so zwischendurch einen Mann umbringe, während ich auf meinen Anschlusszug warte.
– Der Mann mit dem violetten T-Shirt. Er ist einfach verschwunden, er hat mit seiner Frau auf diesen Zug hier gewartet, so wie wir. Er muss auf die Geleise gefallen sein, der Zug muss ihn mitgeschleift haben.
– Wie tragisch.
– Du hast ihn gestoßen, du bist direkt neben ihm gestanden.
– Ich denke, es geht jetzt ziemlich mit Ihnen durch. Sie scheinen mir wieder einmal die Kontrolle zu verlieren. Sie fantasieren, mein Guter.
– Eine andere Erklärung gibt es nicht. Der Mann ist ja nicht einfach davongelaufen. Du hast doch gehört, wie seine Frau geschrien hat. Dieser verdammte Güterzug hat ihn überrollt.
– Ich denke, Sie steigern sich da in etwas hinein. Sind Sie sicher, dass dieser Mann nicht irgendwo in diesem Zug sitzt? Dass nicht doch alles in Ordnung ist?
– Er ist tot.
– Vielleicht musste er auf die Toilette. Vielleicht ist er noch schnell zurück in die Station gelaufen und hat sich erleichtert. Könnte doch sein, oder?
– Du hast gesehen, wie der Zug durch den Bahnhof gedonnert ist. Das hat er nicht überlebt.
– Bitte, jetzt lassen Sie uns doch einen Moment ganz sachlich bleiben. Zuerst Ihr Freund und jetzt der Mann am Bahnsteig. Warum sollte ich so etwas Furchtbares tun? Ich hätte doch keinen Grund, diese Menschen zu töten.

– Irgendeinen Grund gibt es immer.
– Vielleicht wollen Sie ja nur mit Gewalt einen Schuldigen finden für das, was passiert ist.
– Die Kameras.
– Was meinen Sie?
– Da gab es bestimmt Kameras am Bahnhof, es ist alles aufgezeichnet worden. Man wird sehen, dass du es gewesen bist. Dass du ihn gestoßen hast.
– Das wage ich zu bezweifeln. Es gab keine Kameras auf diesem Bahnhof, ich habe mir das ganz genau angesehen. Die Italiener hinken den Deutschen und Österreichern überwachungstechnisch noch etwas hinterher.
– Du Schwein.
– Keine Schimpfwörter mehr, bitte. Ich muss Sie noch ein Mal um einen respektvollen Umgangston bitten.
– Du Drecksack. Ich weiß, dass du es getan hast.
– Wir können dieses Spielchen gerne noch etwas länger spielen, aber letztendlich wird sich nichts daran ändern, dass Sie verlieren werden. So wie es aussieht, ist das nicht Ihre Liga hier. Vielleicht ist es doch besser, wenn Sie wieder nach Hause fahren, das Ganze beginnt mich ehrlich gesagt etwas zu langweilen. Ihre fantasielosen Anschuldigungen, Ihre primitive Art, damit werden Sie keinen Erfolg haben.
– Sei still.
– Sonst?
– Du sollst still sein.
– Wenn Sie sich weiterhin nicht zu benehmen wissen, könnten auch Sie vor einen Zug fallen.
– Du drohst mir?
– Und ich frage mich, wer dann wohl die Gräber für Sie und Ihren Freund schaufeln würde.

Dann ist Fink still. Er lehnt sich zurück und schaut aus dem Fenster, er ignoriert Max. Alles, was er noch sagt. Da ist nur noch italienisches Gemurmel rundherum. Max ist hilflos, schockiert von dem, was gerade passiert ist. Die Drohung, die er ausgesprochen hat, ein volles Abteil und Ohnmacht. Dass vor wenigen Minuten ein Mensch gestorben ist. Dass da diese Frau am Bahnsteig steht und schreit. Dass sie immer noch da ist und um ihren Mann weint. Und dass es Fink egal ist. Max kann es nicht fassen, er versteht nicht, wie jemand so kaltblütig sein kann. Er versteht nicht, dass da kein Mitleid ist, kein Bedauern, dass Fink einfach dasitzt und so tut, als wäre nichts geschehen. *Lassen Sie uns friedlich bleiben, es geht ja um nichts, oder?* Wie zynisch er ist. Wie grausam und berechnend. *Es gab keine Kameras auf diesem Bahnhof, ich habe mir das ganz genau angesehen.* Wie kalt. Und klar. *Wenn Sie sich weiterhin nicht zu benehmen wissen, könnten auch Sie vor einen Zug fallen.* Unfassbar alles. Dunkler, als er befürchtet hat. Viel dunkler.

12

Bis Genua ist da kein Wort mehr, Max überlegt. Was er tun könnte, was möglich ist und was sinnvoll. Er weiß, dass ihm niemand glauben würde, dass er der Einzige ist, der Fink beschuldigt. Da ist nur er, der weiß, was hinter dieser Fassade steckt, dass da ein Mörder in diesem Zug sitzt. Dass da mehr ist als dieses freundliche Gesicht und seine Höflichkeit. Konrad Maria Fink. Max muss ihn aufhalten, ihn einsperren, ihn dazu bringen zu gestehen, der Welt zu sagen, was er getan hat. Aber nicht so. Er muss ihn in Sicherheit wiegen, er muss aufhören, ihm seine Wut zu zeigen, seine Verzweiflung. Er muss mit ihm sprechen, ganz normal, vertraut, als wären sie Freunde. Und er muss diese Gespräche aufzeichnen. Max muss Tilda überzeugen, sie dazu bringen, alles zu tun, um diesen Irren hinter Gitter zu bringen. Und sie wird es erst glauben, wenn sie es aus Finks Mund hört. Erst dann, wenn Fink es ausspricht. Dass er es war, der geschossen hat, der diesen Mann in Voghera einfach vor den Zug gestoßen hat. Solange Max der Einzige ist, der in ihm einen Verbrecher sieht, ist Fink in Sicherheit. Er kann tun, was er will, er kann auf das Justizsystem vertrauen, er kann sich sicher sein, dass man Max von ihm fernhalten würde, dass man den aggressiven Totengräber einsperren würde, würde Max ihm wieder Gewalt antun. Wenn er ihn niederschlagen, fesseln, foltern würde. Fink ist ein freier Mann, er macht Urlaub in Italien, zufrieden sitzt er Max gegenüber und schaut aus dem Fenster.

Hilflos durch das Piemont. Max weiß nicht, was in Genua passieren wird, wenn sie aussteigen, was Fink tun wird. Max weiß gar nichts. Und deshalb gibt er Finks Namen in sein Handy ein, Google soll ihm mehr über ihn sagen. Da muss doch irgendetwas sein, Spuren von ihm im Internet, etwas, das ihm Halt gibt, woran er sich festbeißen kann. Konrad Maria Fink und ein Klick auf die Lupe. Nur ein verzweifelter Versuch, ein Weg, Zeit totzuschlagen, weil Fink nicht mehr mit ihm reden will. Nicht, solange Max nicht nach seinen Regeln spielt. Deshalb sucht er im Netz. Etwas über seine Vergangenheit, ein Foto. Facebook, Twitter. Einblicke in das Leben dieses Wahnsinnigen, mehr, als Tilda ihm gesagt hat, etwas anderes als das, was aus Finks Mund kommt. Keine Lügen, sondern die Wahrheit.

Konrad Maria Fink. So einfach ist es. Sein Name im Suchfenster, sein Name in blauen Lettern, sein Gesicht, viel jünger zwar, aber er ist es. Zahlreiche Einträge über ihn, vor fünfzehn Jahren hat man ihn gekannt, beinahe berühmt ist er gewesen. Wie ein Wunder, dass Max ihm gegenübersitzt und die Suchmaschine tatsächlich etwas über ihn ausspuckt. Gierig liest er. Über einen Pianisten, der kurz vor dem Durchbruch stand, über einen zukünftigen Star, über ein geplantes Solo-Konzert in der Mailänder Scala. Ein Artikel in einer Musikzeitschrift, ein Abgesang auf einen Jahrhundertmusiker, der plötzlich einfach verschwunden ist, über ein Konzert, das nie stattgefunden hat. Weil Konrad Maria Fink nicht aufgetaucht ist. Seine Karriere hatte geendet, bevor sie richtig begonnen hatte. Ein Drama sei es gewesen, ein Skandal, ein volles Mailänder Konzerthaus und eine leere Bühne. Nur ein Flügel und ein Klavierhocker. Fink habe seine Zuhörer im Stich gelassen, er sei einfach untergetaucht. Lampenfieber, er habe dem Druck nicht standgehalten, hieß es. Von einem Tag auf den anderen verschwand Fink aus den Programmzeitschriften, aus den Medien. Kurz trauerte man um ihn, dann vergaß man ihn wieder. Ein Stern erlosch, irgendein neuer ging auf. Eben hatte die Welt noch über ihn gesprochen, dann schwieg sie wieder. Konrad Maria Fink hat sich aufgelöst.

Eine vielversprechende Zukunft, die mit einem Skandal endete. Seither keine Interviews mehr, keine Bühne, niemand interessiert sich mehr für ihn, keiner beachtet ihn mehr. Was er tut. Kein Publikum mehr. Nur Max. Er schaut zu, wie Fink in Genua aus dem Zug steigt und strahlt. Finks Erregung ist wie weggeblasen, nichts mehr in seinem Gesicht erinnert daran, dass er Max wenig zuvor gedroht und seine Freundlichkeit vergessen hat. Wie ausgewechselt wieder, höflich und charmant, als wäre nichts passiert, als wäre das Leben einfach nur schön. Der blaue Himmel über der Stadt, die wunderbaren Häuser am Hügel, das herrliche Stadtbild. Genua. Alles, was war, zählt nicht mehr, Fink stellt die Uhr wieder auf null. *Kommen Sie, mein Lieber, lassen Sie uns ein Glas trinken, bevor wir an Bord gehen.* Fink klopft Max freundschaftlich auf die Schulter, er geht aus dem Bahnhof hinaus auf die Straße und setzt sich in eine Bar an der Straße. Max folgt ihm, er will mehr wissen. Mehr darüber erfahren, was damals passiert ist. Was Fink vorhat. Neugierig und ohne Zögern setzt Max sich zu ihm. Und trinkt.

Bier. Fink bestellt. Und all die Fragen, die Max in seinem Mund hat. Von welchem Schiff Fink gesprochen hat, will er wissen. *Da drüben*, sagt Fink. *Wird nicht ganz einfach sein, noch eine Kabine für Sie zu bekommen. Ist ziemlich voll, so ein Schiff um diese Jahreszeit. Vielleicht bedeutet das ja unseren Abschied. Deshalb prost, mein Guter.* Max dreht seinen Kopf und schaut. Dort, wo Fink seinen Blick hingeworfen hat, liegt ein riesiges Kreuzfahrtschiff, Balkon an Balkon, weiß schimmernd in der Nachmittagssonne, ein Koloss. *Eine schöne Schiffsreise, das wollte ich immer schon machen*, sagt Fink. Dann hebt er sein Glas und trinkt aus. Mit einem Nicken bestellt er zwei weitere Biere und grinst.

– Es stimmt also.
– Was?
– Sie sind dem Alkohol auch nicht ganz abgeneigt, wie ich sehe.
– Ich bin Totengräber.
– Und Totengräber trinken?
– Ja.
– Bei mir ist das schon sehr lange her.
– Was?
– Dass ich getrunken habe. Ich konnte mich fast nicht mehr daran erinnern, wie herrlich es schmeckt.
– Na dann, prost.
– So freundlich?
– Ja.
– Vorhin wollten Sie mir noch den Hals umdrehen, jetzt trinken Sie mit mir. Warum der Sinneswandel? Ändern Sie Ihre Strategie? Versuchen Sie es jetzt auf die sanfte Tour? Wie auch immer, ich finde das gut. Gefällt mir besser so, viel besser. Außerdem wäre es ein Verbrechen, würden wir dieses wunderschöne Ambiente hier nicht genießen, oder?
– Du willst also auf das Boot da?
– Ja, aber wir haben noch Zeit bis zum Abend.
– Eine Kreuzfahrt?
– Wie gesagt, das ist ein langgehegter Wunsch von mir.
– Wohin fährt das Schiff?
– Barcelona, Tunis, Malta, Sizilien. Sie werden es lieben. Falls es Ihnen gelingt, an Bord zu kommen. Was ich zu dieser Jahreszeit und in Anbetracht der Buchungslage allerdings stark bezweifle.
– Warum bist du damals verschwunden?
– Was meinen Sie?
– Warum bist du damals in der Scala nicht aufgetaucht?
– Oh, Herr Broll hat recherchiert.

– Ja.
– Sie wollen es also ganz genau wissen, mit wem Sie sich da eingelassen haben? Auch das gefällt mir. Bravo. Hätte ich Ihnen gar nicht zugetraut.
– Was ist passiert?
– Wie kommen Sie darauf, dass etwas passiert ist?
– Dein Daumen. Ein Pianist mit neun Fingern, das geht nicht, oder?
– Stimmt.
– Komm schon, erzähl es mir. Oder hast du Angst?
– Wovor sollte ich Angst haben?
– Dass ich dir zu nahekomme.
– Es ist eine sehr, sehr traurige Geschichte, ich erinnere mich ungern daran.
– Traurig ist auch, dass mein Freund im Koma liegt.
– Da haben Sie auch wieder Recht.
– Also?
– Ich habe sehr lange geübt. Viele Jahre, verstehen Sie. Seit ich ein Kind war, mit fünf habe ich bereits Chopin gespielt, ich habe sehr viel dafür getan, dass ich dort spielen durfte. Ein Solo-Konzert. Verstehen Sie, was das bedeutet?
– Nein.
– Ich war fast im Himmel. Wenn ich dieses Konzert gespielt hätte, wäre alles anders gekommen. Es war der Abend, von dem ich immer geträumt hatte, ein begeistertes Publikum, meine Finger auf den Tasten, und die Stille zwischen den Noten.
– Und dann hast du kalte Füße bekommen?
– Nein.
– Was dann?
– Ich war auf dem Weg in das Opernhaus. Ich hatte im Hotel gegessen und wollte zu Fuß gehen, alles war gut. Ich konnte die Scala schon sehen, es wären noch hun-

dert Meter bis zum Bühneneingang gewesen. Wäre ich nur eine Minute früher losgegangen, dann wäre ich jetzt nicht hier.

– Ein Unfall?
– Ein Hund.
– Wie bitte?
– Ein Rottweiler. Er kam auf mich zugestürmt, keine Leine, sein Herrchen konnte ihn nicht mehr aufhalten.
– Ein Hund hat dir den Daumen abgebissen?
– Zwei Stunden vor dem Konzert.
– Das kann nicht sein.
– Doch. Er hat einfach nicht losgelassen, er hat so lange an mir gezerrt, bis er hatte, was er wollte.
– Deinen Daumen?
– Er hat ihn mitgenommen. Ist weggerannt, genauso wie sein Herrchen. Mit neun Fingern haben sie mich allein in der Gasse zurückgelassen.
– Soll ich jetzt Mitleid mit dir haben?
– Nein. Sie wollten wissen, warum da kein Daumen mehr an meiner Hand ist, und ich habe es Ihnen erzählt.
– Was ist dann passiert?
– Meine Karriere war plötzlich zu Ende.
– Hat man den Hund gefunden? Den Finger?
– Nein. Sie haben die Wunde zugenäht und mir auf die Schulter geklopft. Das wird schon wieder, haben sie gesagt. Aber wie Sie schon richtig bemerkt haben, ein Pianist mit neun Fingern kommt nicht so gut an beim Publikum.
– Das ist hart.
– Ja, das ist es.
– Warum habe ich nichts darüber im Internet gefunden?
– Ich habe mich zurückgezogen. Ich wollte nicht, dass es jemand erfährt. Ich war beschämt, ich hätte es wohl

nicht ertragen, wenn sie mich bemitleidet und bedauert hätten.
– Und dann? Was hast du dann gemacht?
– Mehr gibt es nicht zu sagen.
– Ich möchte aber mehr wissen. Ich möchte verstehen, warum du das alles machst.
– Das ist doch Zeitverschwendung.
– Was sollte ich sonst tun?
– Sie könnten mich töten. Die Bestie aufhalten.
– Ich bin kein Mörder.
– Sind Sie sicher?

Max schweigt und trinkt. Wieder sitzen sie einander gegenüber, ohne miteinander zu reden. Kein Wort mehr, nur die Blicke hinunter zum Meer, auf das Kreuzfahrtschiff. Ein stilles Einverständnis ist es. Ohne es auszusprechen, schließen sie einen Pakt. Max ist da, um ihn aufzuhalten. Er soll es sein, der es beenden wird, Max soll dafür sorgen, dass Fink in einer Zelle verschwindet. Und Fink lässt es zu. Er duldet es, dass Max ihm nahe ist, er riskiert es, beobachtet zu werden, einen Verfolger zu haben, mit seinem Jäger am Tisch zu sitzen, mit ihm zu trinken, zu reden. Fast hat Max das Gefühl, dass Fink es genießt. Die Gesellschaft, dass da plötzlich jemand ist, dem er etwas über sich erzählen kann, jemand, der sich für ihn interessiert.

Ein einsamer Mensch, der Max da gegenübersitzt. Mit vier Fingern hält er sein Glas. Alles an ihm schreit nach Mitgefühl. Was Fink erzählt hat, weicht alles auf, rückt es weiter weg. Was passiert ist. Dass Baroni in diesem Krankenbett liegt. Dass eine Frau an diesem Nachmittag ihren Mann verloren hat. Dass es das Leid der anderen gibt.

Weil plötzlich alles friedlich ist. Weil einen Moment lang nichts bedrohlich ist. Fink kann niemandem etwas tun, er sitzt einfach nur da. Wie bedächtig er sein Bier trinkt. Und wie er es genießt. Als würde er sich zur Feier des Tages fallen lassen, alte Vorsätze über Bord werfen. Fast schön ist es. In Italien am Meer, Max schließt die Augen und tut so, als wäre alles gut, als wäre er nicht hier, um einen Mörder zu jagen. Kurz blendet er die Wirklichkeit aus, stellt sich vor, dass alles nur ein Traum ist, aus dem er aufwachen wird. Max will einen Augenblick lang nichts entscheiden, nicht urteilen müssen, er will nur dasitzen und Bier trinken. Die Sonne auf der Haut spüren. Kurz nur. Bevor er mit Gewalt wieder die Bilder in seinen Kopf zurückholen wird. Baronis Hemd, das sich rot färbt, der Mann, der am Bahnsteig verschwunden ist. Max wird sich zwingen, seine Augen wieder aufzumachen. Ihn nicht zu unterschätzen. Den Wolf zu sehen und nicht das Lamm. Die reißende Bestie hinter einer rührenden Geschichte. Fink.

13

Max hat es sich einfacher vorgestellt. Er flucht. So gerne würde er sich hinlegen, die Decke über den Kopf ziehen und schlafen. Die ganze Nacht über das Meer fahren, am nächsten Tag irgendwann in Barcelona anlegen. Fink könnte nirgendwo hin, Max würde ihn nicht verlieren, er würde sich nur kurz ausruhen, wieder zu Kräften kommen, abschalten, eine Nacht lang in einem schönen Bett versinken. Doch es geht nicht, sie lassen ihn nicht an Bord. So wie Fink es vorausgesagt hat. Keine Chance, sagen sie, kein Platz mehr frei, kein einziges Zimmer, alles ausgebucht. So als hätte Fink es gewusst, als hätte er mit Absicht bis zum letzten Moment gewartet, um an Bord zu gehen. Vielleicht war Fink vorher nicht deshalb so offen gewesen, weil er sich auf ein Spiel einlassen wollte, sondern weil er sich sicher war, dass Max ihm nicht folgen würde können. Vielleicht hat Fink es vorausgesehen. Wie Max am Hafen steht und dem Schiff nachschaut, wie er einsehen muss, dass er verloren hat. Fink hat es sich genauso ausgedacht. Und genau das muss Max jetzt verhindern. Mit Geld, mit Charme, mit einer Hand voll italienischer Worte. Keiner versteht ihn, alle sagen sie ihm, dass es nicht möglich sei. Nicht ohne Ticket, ohne Reservierung. Keine Ausnahme gebe es, egal, wie viel Geld Max auf den Tisch lege. Egal, wie sehr er darum bitte. *Non è possibile*, sagen sie. Freundlich, aber resolut. *Mi dispiace, non possiamo aiutarla*. Keine Hilfe. Und aus.

Fink winkt zum Abschied, dann fährt er mit der Rolltreppe nach oben. Die Passagiere fluten das Schiff, Tausende sind es, doch kein Platz für Max. Fluchend bleibt er zurück, er weiß, dass er Fink zum letzten Mal gesehen hat. Auch wenn er in Genua bleiben und warten würde, bis das Schiff wieder anlegt, Fink würde nicht mehr da sein. Er wäre irgendwo von Bord gegangen und verschwunden, in Barcelona vielleicht oder auf Malta. Er würde Max nicht den Gefallen tun und sich artig nach seiner Reise in Genua zurückmelden. Fink wäre weg. Für immer. Es bliebe nichts zu tun, als sich umzudrehen und zu gehen. Wieder zurück an den Bartisch. Tilda anrufen und nachfragen, wie es Baroni geht. Trinken und schlafen, nichts mehr sonst bleibt, Max ist sich sicher.

Doch dann passiert das Wunder. Ein breiter, schöner Mund, der ihn unerwartet glücklich macht.

- Wenn ich deine verzweifelten Bemühungen eben richtig interpretiert habe, willst du unbedingt auf dieses Schiff, richtig?
- Richtig.
- Und du hast Geld?
- Ja.
- Dann könnten wir da was deichseln.
- Wow.
- Was ist los?
- Ich bin sprachlos.
- Aber warum denn?
- Wie du plötzlich herkommst. Wie du mich ansprichst. Wie du bist.
- Wie bin ich denn?
- Schön.
- Mach deinen Mund zu. Ich will ein Geschäft mit dir machen, sonst nichts. Ich bin kein Engel oder so etwas, ich will nur dein Geld.
- Du kannst mich auf das Schiff bringen?
- Ja, das kann ich.
- Wie?
- Ich habe eine der großen Suiten ganz oben. Und ich bin wider Erwarten allein hier. Meine Zeitung hat das Ganze arrangiert, die Reederei bezahlt dafür, dass ich hier bin. Dass ich über dieses Scheißschiff hier schrei-

be. Und in meinen Gemächern ist noch Platz. Sofern du genug Geld auf den Tisch legst.

– Du kannst mitnehmen, wen du willst?
– Ich kann alles. Die Zeitung, für die ich schreibe, kennt jeder. Groß und mächtig, verstehst du? Wenn da ein falsches Wort steht über diesen Kahn hier, dann gehen die Umsätze nach unten. Das wissen die, und deshalb werden die alles tun, um mich glücklich zu machen.
– Und was willst du dafür?
– Fünftausend Euro.
– Bist du wahnsinnig geworden? So viel Geld habe ich doch gar nicht.
– Ich habe gesehen, dass du so viel hast, als du vorhin mit deiner Kohle hier herumgefuchtelt hast.
– Du fährst gratis und willst von mir fünftausend Euro?
– Ich brauche das Geld.
– Wofür.
– Was glaubst du, was man verdient als Journalistin? Ich reiße mir den Arsch auf für die Zeitung, aber bin arm wie eine Kirchenmaus. Deshalb muss ich dich leider zur Kasse bitten. Schließlich habe ich an meine Zukunft zu denken.
– Ein Ticket kostet nicht mal halb so viel.
– Ich weiß.
– Zweitausend und ich bin dabei.
– Fünf.
– Ich gebe dir drei.
– Wir sind hier nicht auf dem Basar, junger Mann. Fünftausend oder du bleibst hier.
– Du Hexe.
– Sechstausend.
– Das ist nicht dein Ernst, oder?
– Doch. Sechstausend, wenn du mitwillst. Viel Zeit hast du nicht mehr, die freundliche Dame vom VIP-Check-in winkt mir schon die ganze Zeit. Das Abenteuer soll

wohl schon beginnen. Mit dir oder ohne dich. Ja oder nein?
– Das ist Wucher.
– Ich bin dann mal weg, viel Spaß noch in Genua.
– Okay. Ich bin dabei.

Weil Geld jetzt keine Rolle spielt. Geld, das Max und Baroni gemeinsam zur Seite gelegt haben, Ersparnisse für besondere Momente, Geld, das sie eigentlich miteinander ausgeben wollten. Ein Bündel violetter Scheine in seiner Hand. *Scheiß drauf,* würde Baroni jetzt sagen. Und deshalb tut er es einfach, gibt ihr, was sie will. Er drückt ihr das Geld in die Hand. Mit einem himmlischen Lächeln nimmt sie es an sich.

– Wie heißt du?
– Max.
– Wie noch?
– Warum?
– Ich brauche deinen Namen für den Check-in.
– Broll.
– Und was machst du beruflich, dass du mit so viel Geld herumrennst?
– Ich bin Totengräber.
– Dann ist ja alles klar.
– Und wie heißt du?
– Anna Fröhlich.
– Scherz, oder?
– Hör auf zu grinsen.
– Anna Fröhlich also?
– Was ist so lustig?
– Ein sehr schöner Name ist das. Max und Anna. Das gefällt mir. Das passt gut zusammen. Das muss Schicksal sein.
– Du wirst mich schön in Ruhe lassen, hast du das verstanden? Mein Tanzbereich, dein Tanzbereich. Wir

wohnen zusammen, sonst nichts. Ich will niemanden kennenlernen, ich will meine Ruhe, diese Woche so schnell wie möglich rumkriegen und wieder ab nach Hause. Kein sinnloser Smalltalk. Da musst du dir jemand anderen suchen.

- Sehr schade.
- Was?
- Wenn wir uns nicht näher kennenlernen würden.
- Du bist Totengräber, ich bin Journalistin. Ich bin Deutsche, du Österreicher. Das reicht doch an Argumenten, die gegen uns sprechen, oder nicht?
- Nein, das reicht nicht.
- Doch, Max Broll, das reicht. Und jetzt benimm dich und komm mit.

Schnell und bestimmt. Anna Fröhlich sitzt am Steuer. Sie lenkt, sie fährt schnell, Max sitzt am Beifahrersitz und schaut. Wie ein Wirbelsturm ist sie, ein Tornado. Anna Fröhlich. Ein Name wie aus einem Märchen, ein Zauberwesen. Auf den ersten Blick das Glück der nächsten Jahre. Max weiß es, er spürt es. Anna und Max. Diese Frau könnte er berühren, eine wie sie könnte er lieben, sie auf Händen tragen, sie heiraten, Kinder mit ihr haben. Er malt es sich aus, während sie das Geld einsteckt und der Dame beim Check-in mitteilt, dass ihr Begleiter entgegen allen Voraussagen nun doch aufgetaucht sei. Anna Fröhlich macht es möglich. Zuvorkommend und freundlich tippt die Dame den Namen von Max in den Computer. Die Frau von der Zeitung scheint tatsächlich jeden Wunsch frei zu haben, sie schreibt über das einzigartige Schiff, über die Traumreise, ein Geschäft ist es, eine Gegenleistung. Gute Presse für eine Woche Urlaub. Ein Zuckerl für eine brave Mitarbeiterin, bezahlter Urlaub, um die Lemminge bei der Stange zu halten. Max kennt das.

Früher, als er noch in Wien war, hat er bei einer großen Tageszeitung gearbeitet. Fünf Jahre lang hat er sich den Arsch aufgerissen, er hätte Karriere machen können, alle Türen wären ihm offengestanden, der Chefredakteur hat ihn geliebt. Doch Max entschied sich für das Dorf, er ging zurück und pflegte seinen krebskranken Vater. Bis er tot war, hielt Max seine Hand. Zu bleiben lag nahe, er wollte nicht mehr zurück in die Stadt, er hatte keine Lust mehr, sich zu verbiegen, zu lächeln, wenn es notwendig war. Max blieb und schaufelte Gräber, anstatt ein guter Journalist zu werden. Er wurde Totengräber wie sein Vater. Ein Gefühl war das damals, eine Bauchentscheidung, so wie jetzt. Diese Frau wird er nicht mehr loslassen, sie werden Pferde stehlen gemeinsam, er wird alles dafür tun, um ihr Herz zu erobern, egal, wie weit weg es jetzt noch ist, wie unwahrscheinlich das alles klingt. Max wünscht es sich. Weil er ihren Mund mag. Ihre Frechheit, ihre direkte Art, weil sie ihn einen Moment lang alles vergessen lässt, was in den letzten Tagen passiert ist. Sie nimmt die Wut, die Angst, alles in Max blüht. Nicht zurückdenken. Wie eine Frühlingswiese ist sie. Alles duftet, kitschig ist es, bunt. Mehr noch.

Max kann sich nicht dagegen wehren. Egal, wie lächerlich es klingt, glücklich geht er hinter ihr her und denkt nicht nach. Er schaut ihr nur zu, wie sie genervt herumsteht und wartet, bis die Mitarbeiter der Reederei sie endlich an Bord lassen. Gutscheine für Massagen werden verteilt, Sauna und Ausflüge, Anna Fröhlich wird behandelt wie ein Star. Und Max profitiert davon. Genüsslich trinkt er das Bier, das sie ihm entgegenstrecken, er entspannt sich, lässt sich erklären, was die indonesischen Masseurinnen mit ihm machen werden, wie viele Restaurants es an Bord gibt, wann das Casino öffnet und wo im Theater Plätze für sie reserviert sind. Luxus, Extrabehandlung, all-inclusive, vierundzwanzig Stunden lang Room-Service, Landausflüge, ein privater Führer in Barcelona, Max grinst. Er bekommt etwas geboten für sein Geld. Und zum Frühstück wird er Fink wiedersehen. Ihm ins Gesicht lachen, irgendwo am Meer. *Zu früh gefreut, du Drecksack. Ich werde dich nicht aus den Augen lassen. Ich kriege dich, du Arschloch.* Weil das Spiel noch nicht zu Ende ist. Weil Anna Fröhlich im Lift mit ihm nach oben fährt.

Egal, dass sie ihm die kalte Schulter zeigt, dass sie ihm das Gefühl gibt, Luft für sie zu sein. Dass sie nur das Geld will, sonst nichts. Egal, dass sie gelangweilt auf ihr Handy starrt und tippt. Egal. Max genießt es. Ihre Signale ignoriert er. Kein Kennenlernen, keine Zeit, die sie mit ihm verbringen will. Anna Fröhlich grenzt sich ab, nur ein Deal ist es, nur ein fetter Zusatzverdienst auf einer Dienstreise. Sie hat ihn angesprochen, weil er mit grünen Scheinen gewinkt hat. So einfach ist es. Nur deshalb nimmt sie ihn mit, duldet ihn, nur deshalb fährt sie mit ihm nach oben ins Paradies. Nur ein Geschäft ist es. Und trotzdem lächelt Max sie an. *Für immer*, denkt er.

14

Die Nacht war fremd. Ohne sich zu kennen, schliefen sie im selben Raum, ohne ein weiteres Wort war Anna Fröhlich unter ihren Bettlaken verschwunden. Max saß noch länger auf dem Balkon und schaute ihr zu, wie sie dalag und schön war. Seine Blicke gingen nach drinnen, nicht hinaus aufs Meer. Obwohl er sie hatte überreden wollen, mit ihm noch ein Glas zu trinken und das Auslaufen aus dem Hafen im Abendlicht zu verfolgen, hatte Anna Fröhlich die Decke über den Kopf gezogen. Sie wollte ihre Ruhe, fast schien es so, als wollte sie die kommenden Tage auf dem Meer so schnell wie möglich hinter sich bringen. Die Stadt, die Landschaft, der Hafen, das Meer, nichts interessierte sie. *Bitte, lass mich in Ruhe*, sagte sie. Max dagegen begutachtete alles, schaute sich genau an, wofür er so viel Geld ausgegeben hatte, er öffnete jede Lade, jedes Kästchen, gierig suchte er die Minibar. Dass Anna Fröhlich in sein Leben getreten war, war ein Grund zum Feiern, Max bediente sich und setzte sich hinaus in den Wind. Das Schiff verließ Genua und Max starrte Anna an. Auszeit war es. Nicht an Fink denken, nicht zurück. Nur Anna Fröhlich und die Wellen, die irgendwo unten ans Schiff schlugen. Im vierzehnten Stock lag die Suite, ein kleines Paradies, fünfundvierzig Quadratmeter ganz hinten am Heck, ein Wohnraum, ein Schlafzimmer und dieser herrliche Blick. Bis Mitternacht gab er sich ihm hin. Dann legte er sich auch hin und schlief ein.

Als die Augen von Max aufgingen, war Anna schon wach. Sie saß draußen, wo er Stunden zuvor gesessen war. Sie schaute aufs Meer hinaus, ein Glas in der Hand, sie war in Gedanken. Dass Max aufgewacht war und sie wieder beobachtete, war ihr egal, sie ignorierte ihn und trank Champagner. Die Flasche stand stolz neben ihr auf dem kleinen Tischchen. Max rührte sich nicht, er lag auf dem Sofa und schaute sie an. Kurz wollte er noch hier bleiben, nichts reden, nichts entscheiden, nichts tun müssen, die Verantwortung noch einen Augenblick länger abgeben. Nur Max auf einem Sofa. Nur ein Sofa auf einem Schiff. Nur eine Frau und Champagner. Das Meer. Seit über einer Stunde schon ohne Regung. Anna und Max.

Doch dann kommen die Fragen. Was passieren wird. Was er tun wird. Zwischen diesen sinnlos romantischen Gedanken, die ihn auf dem Sofa festhalten. Was er gegen Fink tun kann, wie er ihn aufhalten kann. Was noch kommen wird, wenn er die Suite verlässt. Barcelona, Tunis, Malta, Max weiß jetzt, wo die Reise hingeht. Aber sonst nichts. Unwissenheit, die Angst macht. Angst, die verfliegt, wenn er seine Augen auf Anna Fröhlich legt. Behäbig rollt das Schiff über das Meer, wie ein Wunder ist es, dass es schwimmt, dass es nicht untergeht, dass nicht alle einfach ertrinken. Ein schwimmendes Hochhaus, auf dem Max jetzt festsitzt, ein Abenteuer, das er nicht beginnen will. Noch nicht.

Max will ihr zuschauen, wie sie aus dem Glas schlürft. Er will dieses stille Einverständnis noch einen Augenblick lang genießen. Solange es geht. Bis Anna Fröhlich die Tür aufstößt und den Mund öffnet.

– Wie lange willst du mich noch anstarren, Max Broll?
– Solange es geht.
– Dann kannst du gleich rauskommen. Und bring ein Glas mit.
– Sicher?
– Hör auf zu fragen und komm schon, sonst überleg ich es mir noch anders.
– Du trinkst Champagner?
– Sie haben es mir aufgedrängt. Da werde ich kaum Nein sagen, oder?

– Es ist noch nicht mal Mittag.
– Hast du ein Problem damit?
– Nein.
– Und damit, dass ich schnarche, hast du auch kein Problem?
– Nein.
– Irgendetwas stimmt nicht mit meiner Nasenscheidewand.
– Es stört mich nicht, ehrlich.
– Ich weiß, das ist nicht besonders elegant.
– Ich mag es, wenn du schnarchst. Ich könnte dir stundenlang dabei zuhören.
– Das ist gut, Max Broll.
– *Max* reicht.
– Darf ich dich was fragen, Max?
– Alles, was du willst.
– Warum wolltest du unbedingt auf das Schiff?
– Das ist eine lange Geschichte.
– Ich habe Zeit.
– Du wirst mir aber nicht glauben, Anna Fröhlich.
– *Anna* reicht.
– Ist eine ziemlich verrückte Sache.
– Ich liebe verrückte Sachen.
– Und nicht ganz ungefährlich. Vielleicht ist es besser, ich halte dich da raus.
– Ich bin Reporterin.
– Und ich, wie gesagt, bin Totengräber.
– Ja klar, natürlich.
– Nein, wirklich, ich bin Totengräber. Ich grabe Löcher, der Bestatter legt die Toten rein und ich schütte die Löcher dann wieder zu.
– Du gräbst mit einem Bagger?
– Per Hand. Auf meinen Friedhof kommt kein Bagger, wir graben seit vierzig Jahren mit gewöhnlichen Schaufeln.

– Wir?
– Mein Vater war auch Totengräber.
– Du verarschst mich.
– Nein.
– Wow.
– Das ist ein Job wie jeder andere.
– Muss ganz schön was einbringen.
– Was meinst du?
– Das viele Geld, mit dem du rumrennst.
– Über Geld redet man nicht, hat meine Mutter immer gesagt. Geld hat man. Oder auch nicht.
– Du fängst an, mich zu interessieren, Max Broll.
– *Max* reicht.
– Dann erzähl mal, Max. Warum trinkst du hier mit mir Champagner?
– So wie es aussieht, habe ich mich verliebt.
– Lass den Quatsch. Ich will die Wahrheit wissen.
– Die gelangweilte Journalistin hat also Blut geleckt, nicht wahr? Vielleicht wird dein kleiner Urlaub ja doch noch ganz hübsch. Jetzt, wo du mich kennengelernt hast.
– Ich denke nicht, dass du etwas daran ändern kannst, dass ich diese Woche später aus meinem Gedächtnis streichen werde.
– Warum bist du so negativ?
– Ich bin nicht negativ.
– Doch, das bist du.
– Mein Freund hat mich verlassen. Er hätte mit auf dieses Scheißschiff kommen sollen. Wir haben uns lange darauf gefreut. Das heißt, dass eigentlich er hier sitzen sollte, nicht du.
– Das tut mir leid.
– Muss es nicht. Er war ein Arschloch. Und jetzt spann mich nicht noch länger auf die Folter.

Max lächelt. Es tut gut, endlich mit jemandem darüber sprechen zu können. Über Baroni und Tilda, über das Dorf, in dem er wohnt, seine Heimat, von der er schwärmt. Alles, damit sie verstehen kann, was passiert ist. Alles über Fink. Von Anfang an. Der Schuss auf dem Dorfplatz, die Attacke von Max, Tilda, die ihn deshalb für verrückt hält, Fink und Max im Zug, der Unfall am Bahnsteig in Voghera und das Bier in Genua. Max lässt nichts aus, er antwortet auf alle Fragen, er stillt Annas Neugier. Keinen Moment lang hat er das Gefühl, dass sie ihm nicht glaubt, dass sie an dem zweifelt, was er sagt. Anna Fröhlich ist unvoreingenommen, sie vertraut auf ihr Bauchgefühl, sie riecht etwas Großes, Max kann es in ihren leuchtenden Augen sehen. Die Sensation, die unglaubliche Geschichte, die sie aufschreiben will, der Mörder, den sie zur Strecke bringt, ein berühmter Fußballer, ein Pianist mit neun Fingern, ein Totengräber, wunderbares Personal für eine aufregende Story. Anna Fröhlich grinst. *Das ist abgefahren*, sagt sie.

– Du glaubst mir?
– Ja.
– Warum?
– Warum solltest du mich anlügen?
– Weil es keinen Grund dafür gibt, dass das alles passiert. Ich habe nicht die geringste Ahnung, wieso er es getan hat.
– Wir werden es herausfinden.
– Wir?
– Ja.
– Aber es könnte sein, dass ich ein Spinner bin, dass ich dich anlüge, dir etwas vorspiele, mich wichtig machen will. Dass jedes Wort gelogen ist, das ich sage.
– Nein, das glaube ich nicht.
– Was macht dich da so sicher?

– Der Kellner, der mir den Champagner in die Hand gedrückt hat, hat mir auch eine Karte gegeben.
– Was für eine Karte?
– Eine Grußkarte. Ich dachte, sie ist von der Geschäftsführung, vom Kapitän oder was weiß ich.
– War sie aber nicht?
– Genießen Sie diesen wunderschönen Morgen, stand da. Und eine Unterschrift. Sonst nichts.
– Der Champagner ist von ihm?
– Ja. *Mit wundervollen Grüßen von Konrad Maria Fink.*

15

Er sitzt dort, wo jeder ihn sehen kann, mitten in der Lobby. Der Mann, der alles weiß. Fink muss Max beobachtet haben, er muss ihn mit Anna Fröhlich gesehen haben, er muss gesehen haben, dass er doch noch auf das Schiff gekommen ist, er muss irgendeine Mitarbeiterin an Bord bestochen haben, um zu erfahren, dass Max in ihrer Suite eingecheckt hat. Wo diese Suite ist, welches Deck. Dass es eine Pressereise ist, dass Anna Journalistin ist, die über die Reise schreibt, dass Max ihr Begleiter ist, dass auch für ihn alle Annehmlichkeiten an Bord kostenlos sind. Fink weiß alles. Was für ein Fuchs, denkt Max. Was für ein Spieler. Es ist Fink egal, dass da nun noch jemand ist, dessen Neugier geweckt wird. Fink zieht Anna tief ins Wasser. Er wusste, dass Max sie einweihen würde, dass der Champagner und die Grußkarte ihre Wirkung tun würden. Fink zeigt Max, dass er alles kontrolliert, dass er keine Angst hat vor dem kleinen Totengräber. Im Gegenteil. Fast scheint es so, als mache es ihn glücklich, dass Max es auf das Schiff geschafft hat.

Fink. Wie er dasitzt und wartet. Sie stehen oben und beobachten ihn. Vom fünften Stock aus der Blick hinunter in die Lobby. Wie er genüsslich an einem Glas Champagner nippt. Auch Fink macht sich einen wunderschönen Morgen, nicht auf Deck in der Sonne, sondern auf einem plüschigen Sofa im Bauch des Schiffes. Im Zentrum sitzt er, ganz nah an der Rezeption, er kann alles überblicken, er versteckt sich nicht, er wartet. Auf Max und Anna.

Aus den Augenwinkeln sieht er sie. Wie sie oben stehen und nach unten starren, wie sie über ihn reden. Freundlich dreht er seinen Kopf in ihre Richtung, mit einer einladenden Geste bittet er sie herunter. Wie ein Schauspiel ist es, eine große Inszenierung. Alles scheint einem Plan zu folgen, Fink will Unterhaltung. *Er spielt mit uns,* sagt

Anna und drängt Max, nach unten zu gehen. Sie will mehr wissen, wie ein Schwamm ist sie, der sich vollsaugt, sie ist gierig. Anna Fröhlich will diese Geschichte aufschreiben, sie will den Mann kennenlernen, der auf Johann Baroni geschossen hat, eine Mörderjagd ist es, ein Abenteuer, das sie von allem anderen ablenkt, ein Spiel, vor dem Max sie warnt. *Er ist gefährlich*, sagt er. *Egal*, sagt sie. Dann gehen sie hinunter und setzen sich zu ihm.

Max schweigt. Er weiß nicht, was er sagen soll, er weiß, dass Fink keine neuen Antworten für ihn haben wird, dass die Nacht nichts Neues gebracht hat, dass sich dieser Drecksack nur auf seine Kosten unterhalten will. Er sitzt da und hält das Glas fest, das Fink ihm in die Hand gedrückt hat. *Es geht nichts über ein gutes Glas Champagner*, sagt Fink. *Leck mich am Arsch*, sagt Max und lehnt sich zurück. Anna beugt sich nach vorn und spricht. *Wir sollten uns dringend unterhalten*, sagt sie. Fink grinst.

- Ich hoffe, Sie hatten eine angenehme erste Nacht an Bord.
- Ja. Danke. Auch für den Champagner.
- Gerne. Man soll die Feste feiern, wie sie fallen, finden Sie nicht auch?
- Ich bin nicht zum Feiern hier.
- Sondern?
- Ich bin Journalistin.
- Ich weiß.
- Ich möchte über Sie schreiben.
- Über mich?
- Ja.
- Warum?
- Das liegt doch auf der Hand, oder?
- Sie schmeicheln mir.

– Das ist nicht meine Absicht, ich möchte nur Ihre Geschichte erzählen. Ihnen die Möglichkeit geben, zu Wort zu kommen, Ihre Sicht der Dinge zu erläutern.

– Was sollte ich Ihnen für eine Geschichte erzählen?

– Ich kann Ihnen eine Bühne geben, Sie könnten der Welt sagen, was Ihnen am Herzen liegt. Die Zeitung, für die ich arbeite, hat eine enorme Reichweite.

– Und warum sollte ich das tun?

– Früher oder später werden Sie eingesperrt. Oder Sie werden einfach wie ein tollwütiger Hund auf der Flucht erschossen. Dass es nicht so weitergehen kann, ist Ihnen klar, oder?

– Sie sind reizend.

– Ich weiß.

– Sie passen gut zusammen. Ähnlich ungestüm sind Sie, wie wilde Pferde. Da scheinen sich zwei gefunden zu haben.

– Sie haben mich nicht verstanden, oder?

– Doch, habe ich. Sie würden gerne die Story Ihres Lebens schreiben. Sie möchten die aufregende Geschichte eines Mörders erzählen.

– Genauso ist es.

– Da gibt es allerdings ein Problem.

– Welches?

– Ich bin kein Mörder.

– Wir wissen alle, dass das nicht stimmt.

– Alle?

– Max und ich.

– Das ist sehr dürftig.

– Es reicht.

– Das wage ich zu bezweifeln, aber Ihr Eifer ist löblich. Ihr Chef muss stolz auf Sie sein. Kein Wunder, dass er Ihnen diese kleine Reise hier spendiert hat.

– Max hat Recht.

– Womit denn?
– Sie sind ein Arschloch.
– Ach, kommen Sie. So schlimm ist es doch gar nicht.
– Ich befürchte, es ist noch viel schlimmer.
– Eben.
– Was soll das heißen?
– Sie und Ihr rustikaler Freund hier sollten besser die Finger von der Geschichte lassen. Der gute Max Broll weiß, wovon ich rede. Die Welt kann sehr gefährlich sein da draußen. Und ich befürchte leider, dass Sie dem nicht gewachsen sind. Unter keinen Umständen wären Sie beide in der Lage, mich aufzuhalten. Also lassen Sie es lieber gleich bleiben.
– Wie gesagt.
– Was?
– Arschloch.

Max liebt sie dafür. Dass sie ausspricht, was sie sich denkt. Dass sie sich kein Blatt vor den Mund nimmt, dass sie sich gegen Fink stellt. Sie glaubt Max. Keine Sekunde zweifelt sie an dem, was er ihr erzählt hat. Fink hat den Mann am Bahnsteig in Voghera vor den Zug gestoßen, Fink wollte Baroni töten. Davon ist Anna genauso überzeugt wie Max, sie hat sich auf seine Seite geschlagen, sie spielen jetzt im selben Team, schlafen in derselben Kabine. Anna Fröhlich. Wie sie mit Fink redet. Nicht aufgibt. Obwohl da Stillstand herrscht, macht sie weiter. Max hört zu und fragt sich, was sie tun müssen, um Fink zum Reden zu bringen. Während Anna ihn weiter mit Argumenten zu überzeugen versucht, dass die Wahrheit die beste Option für ihn wäre, malt sich Max aus, wie sie ihn fesseln, ihm drohen und ihm einen weiteren Finger abschneiden. Hundert Dinge, die Max in irgendwelchen Filmen gesehen hat. Sinnlose Grausamkeiten, die zum Ziel führen, Gewalt, die beendet, noch bevor etwas passiert ist. Bevor Fink wahr macht, was er sagt. Bevor eine der beiden Frauen stirbt.

Zwillinge. Mitte sechzig vielleicht. Gegenüber auf dem Sofa trinken sie Kaffee, unterhalten sich, lachen, genießen den ersten Vormittag an Bord. Schwestern auf einer Kreuzfahrt, ausgelassen und glücklich. Eine von beiden wird sterben. Sagt Fink zu Anna. Weil sie zufällig zur falschen Zeit am falschen Ort sind. Während Max lautlos danebensitzt und Fink in Gedanken steinigt, ihm die Zunge aus dem Mund reißt.

– Sie sind also überzeugt davon, dass ich der Mörder bin, ja?
– Richtig.
– Dann wollen wir mal ein hübsches kleines Spiel spielen, einverstanden?
– Was für ein Spiel?
– Sie sehen die beiden da drüben?
– Ja.
– Wenn ich der Mörder wäre, würde ich eine der beiden Damen umbringen.
– Warum?
– Wir wollen doch sehen, ob Sie Recht haben, oder nicht?
– Das ist nicht Ihr Ernst, oder?
– Durchaus. Lassen Sie uns sehen, ob beide vom Landausflug in Barcelona wieder zurück an Bord kommen. Wäre ich der Mörder, würde eine der Damen den morgigen Tag nicht erleben. Sollte also eine der beiden bei unserem nächsten Zusammentreffen fehlen, werden Sie vermutlich Recht haben mit Ihrer Theorie.
– Das können Sie nicht machen.

– Warum nicht?
– Die beiden haben Ihnen nichts getan.
– Darum geht es doch, oder?
– Worum geht es?
– Ich bin ja kein Mörder, aber ich könnte mir vorstellen, dass eine fehlende persönliche Beziehung das Ganze sehr erleichtert. Meinen Sie nicht auch? Wenn ich also der Mörder wäre, würde ich bei der Auswahl meiner Opfer wohl genau so vorgehen. Keine emotionalen Verwirrungen, keine persönliche Betroffenheit, niemand würde sich daran stören, es wäre nur eine völlig Fremde, die stirbt. Jemand wie eine dieser reizenden Damen da drüben.
– Die beiden sind unschuldig.
– Unschuldig? Wer ist das schon?
– Sie werden ihnen kein Haar krümmen.
– Sonst werden Sie mich verprügeln, oder was? So wie es Ihr neuer Freund hier schon mal gemacht hat?
– Bitte, lassen Sie die Frauen in Ruhe.
– Es liegt in Ihrer Hand.
– Was wollen Sie damit sagen?
– Sie beide haben jetzt das Schicksal dieser Damen in der Hand. Und Sie, mein Fräulein, haben die einmalige Chance, Ihre Geschichte zu schreiben. Eine zweite bekommen Sie nicht.
– Das kann alles nur ein Scherz sein.
– In einer Stunde geht es los. Dann legen wir in Barcelona an. Was für eine wunderschöne Stadt. Sie werden sie lieben.
– Sie sind nicht ganz normal.
– Das hat Herr Broll auch schon gesagt. Aber wie immer ist das wohl auch in diesem Fall Ansichtssache. Also lassen Sie uns ans Werk gehen, ich werde mich noch kurz frisch machen und dann bei der ersten Gelegenheit das Schiff verlassen. Es ist mir wichtig, dass alles

fair abläuft, nicht dass Sie mir nachher vorwerfen, ich hätte geschummelt.

– Wir werden die Polizei rufen.
– Und was wollen Sie denen sagen? Die werden Sie auslachen. Und das wissen Sie. Also bleiben Sie sportlich und lassen Sie uns spielen. Auf die Plätze, fertig, los.

16

Der Wahnsinn in seinen Augen, vor einer Stunde, dieser Zynismus, der wehtat. Unfassbar war alles. Schockiert von dem, was Fink gesagt hatte, blieben sie sitzen und schauten ihm nach. Ohne Worte waren sie. Dass Menschen umzubringen für ihn nur ein Spiel war, überschritt alles Vorstellbare. Wahllos töten. Nur um zu zeigen, dass er es konnte. Vielleicht empfand Fink einfach Lust dabei, vielleicht wollte er sie auf die Probe stellen. Vielleicht log er, oder vielleicht war alles doch ganz anders und Max hatte sich getäuscht, hatte sich auf einen Unschuldigen eingeschossen, der nur die Aufmerksamkeit genoss, die ihm zuteilwurde. Ein einsamer Mann, der jetzt einfach nur beweisen wollte, dass er unschuldig war. Dass das in Voghera ein Missverständnis gewesen war und er mit dem Mordanschlag auf Baroni nichts zu tun hatte. Max wusste, dass es möglich war. Aber so gerne er an Finks Unschuld glauben wollte, er konnte es nicht. Alles in ihm wehrte sich gegen ein gutes Ende. Alles, was hier passierte, war Wirklichkeit, kein Irrtum war möglich. Dass die beiden Frauen nicht in Gefahr sein würden, blieb nur ein Wunsch. Alles, was hier passierte, war Wirklichkeit, kein Irrtum war möglich. Max hätte alles darauf gewettet, dass sie Recht hatten. Anna und er.

Wie sie sich ratlos anschauten. So fremd noch, und trotzdem irgendwie vertraut. Sie waren froh, dass sie einander hatten in diesem Moment, dass sie nicht alleine waren mit dem, was da aufgebrochen war. Ein stiller Berg, der Feuer spuckte. Ein netter, unscheinbarer Psychopath, mit dem sie sich angelegt hatten. Unheil kam auf sie zu, sie wussten, dass da kein Platz mehr war für ein Lächeln. Sie mussten dafür sorgen, dass Barcelona nicht zur Endstation werden würde für eine der beiden Damen. Max und Anna mussten auf sie aufpassen, sie vor dem Wahnsinnigen beschützen. Einen ganzen Tag lang. Nichts anderes konnten sie tun, das war die Aufgabe, die er ihnen gestellt hatte. Sie sollten Leibwache für die zwei alten Ladys spielen, ein aussichtsloses Unterfangen von Anfang an. Es gab tausend Möglichkeiten, wie Fink es tun könnte, sie könnten tot sein, noch bevor sie an Land kommen würden. Deshalb mussten sie in ihrer Nähe bleiben, sie durften die Zwillinge nicht aus den Augen verlieren, ob es ihnen passte oder nicht. Sie mussten sie ansprechen, sie mussten lügen und diesen verdammten Tag mit ihnen verbringen. *Was für ein Alptraum*, sagte Max. *Prost*, sagte Anna und trank die Flasche leer. Dann stürzten sie sich in die Schlacht.

Seit einer Stunde hören sie sich Geschichten an. Beglückt waren die beiden Damen, als Max sie ansprach, als Anna sie fragte, ob sie sich ihnen anschließen könnten. Ungläubig fragten sie nach, ob es wirklich ihr Ernst sei, ob sie nichts Besseres zu tun hätten, als mit zwei alten Schabracken durch Barcelona zu gondeln. Anna und Max versicherten ihnen, dass sie nichts lieber täten, als interessante Menschen kennenzulernen, als mit ihnen zu plaudern, zu kichern und sich über die Königshäuser dieser Welt zu unterhalten. Smalltalk, ein Spaziergang über die Ramblas, spanische Nachmittagssonne, ein fröhliches Kennenlernen, und die ständige Angst, dass jeden Moment eine der beiden tot umfallen könnte.

Max rollt mit den Augen, immer wenn sie einen Blick für sich haben, wenn er einen Moment mit Anna alleine ist. *Das stehe ich nicht durch*, flüstert er. *Komm schon, die sind doch ganz reizend*, sagt Anna.

Was die beiden erzählen. Zwei Lebensgeschichten, die sie plötzlich hören, überraschend und skurril, zwei Stripperinnen aus Hamburg, zwei Tänzerinnen im Ruhestand, von Minute zu Minute offenbaren sie mehr. Über dreißig Jahre lang standen sie gemeinsam auf der Bühne, auf der Reeperbahn waren sie eine Institution, jeder kannte sie, eine Legende. Lustig, fröhlich, zwei Erscheinungen am spanischen Himmel. Molly und Mandy.

Und keine Spur von Fink. Aber trotzdem die Gefahr. Jeden Augenblick könnte ein Schuss fallen. Fink könnte sich wieder eine Waffe besorgt haben, er könnte sich ein Auto gemietet haben und Molly überfahren. Er könnte Mandy vergiften, ihr etwas ins Glas gekippt haben, Fink könnte jederzeit zuschlagen, er wird seine Prophezeiung wahrmachen, Max weiß es. Immer wieder sucht er die Umgebung nach ihm ab, sie achten darauf, Plätze mit vielen Menschen zu meiden, den Überblick zu bewahren. Hinter jeder Hausecke vermuten sie ihn. Max und Anna rechnen mit dem Schlimmsten. Deshalb verschwinden sie in einer Kellerspelunke, tauchen unter, gehen weg von der Straße, weg von den Touristenströmen. Sie bringen Molly und Mandy in Sicherheit, mit charmanten Überredungskünsten ändern sie kurzfristig das Sightseeingprogramm der beiden Showgrößen. Das gespielte Interesse des jungen Paares überzeugt sie, keine Sekunde bestehen sie darauf, die Sagrada Familia sehen zu müssen, weiter über die Ramblas zu schlendern, sich am Gaudí-Brunnen zu ergötzen. Ohne Gegenwehr verkriechen sich die beiden Damen mit Anna und Max im dunkelsten Winkel der Stadt. Eine winzige Seemannskneipe, ein paar Schnäpse auf die guten alten Zeiten. Hier kann Fink ihnen nichts tun, hier werden sie sitzenbleiben, bis das Schiff wieder ablegt. Bis zum Abend werden sie die beiden reden und in der Vergangenheit schwelgen lassen. Sie werden weitere Geschichten hören, wie schön die alten, faltigen Körper früher gewesen seien, wie sie die Massen betört haben. Fantasie und Wirklichkeit werden sich einen Nachmittag lang vermischen. Anna wird die beiden weiter über intime Details aus ihrem Leben ausfragen und Max wird weiterhin die Augen offen halten und lächeln, egal, wie angsteinflößend Mollys Vorschlag klingt, nach dem nächsten Schnaps ein letztes Mal die Hüllen fallen zu lassen. Einmal noch wollen die scharfen Twins von der Reeperbahn die große Bühne betreten, einmal noch. Kurz bevor wieder jemand stirbt.

Game over. Wieder kann er nichts dagegen tun. Max. Er versucht zu helfen, doch er kann nichts sehen. Eine Frau schreit. Sie brüllt, alles ist dunkel, da ist kein Licht mehr. Mit einem Mal war es weg. Panik. Gläser, die fallen, Stühle. Alle wollen zurück ins Licht, etwas sehen, wissen, was passiert ist, warum sie schreit. Mandy. Zehn Sekunden lang ist alles schwarz. Anna und Max konnten es nicht verhindern. Zehn Sekunden lang wissen sie, dass sie versagt haben, zehn Sekunden lang hassen sie sich dafür. Egal, ob es dunkel ist, Max kann die Enttäuschung und das Entsetzen in Annas Augen sehen. Zehn Sekunden lang bereut sie es, dass sie das Geld genommen hat, dass sie Max kennengelernt hat. Zehn Sekunden lang ist alles kaputt. Dann geht plötzlich das Licht wieder an.

Mandy hält sich den Kopf und Molly lacht, Anna und Max stehen da mit offenem Mund. Die Wirtin kommt und entschuldigt sich. Spanisches Fluchen überall und wie sie begreifen, was passiert ist. Kein Kopfschuss, kein Blut, das aus einer klaffenden Wunde schießt, keine Leiche in der Seemannskneipe. Nichts davon. Nur eine Touristin, die sich den Kopf am Gewölbe gestoßen hat. Nur ein kurzer Stromausfall und die Angst, mit der Max und Anna den Raum geflutet haben. Nur ein Zufall, der wild in ihr Fleisch geschnitten hat, nur Licht, das kurz nicht da war. Kein Fink. Keine Spur von ihm. Kein Anschlag, kein

Mord, Mandy lebt. Sie grinst, macht sich über sich selbst lustig, weil sie einfach hochgesprungen ist, als das Licht ausgegangen ist. Nur ein kleiner Unfall, der eine Beule hinterlässt, zwei zerbrochene Gläser und die Wirtin, die sich mit vier weiteren Schnäpsen für die Unannehmlichkeiten entschuldigt.

Was für ein Albtraum, sagt Max und nimmt Anna in den Arm. Die Fremde, die er erst seit einem Tag kennt. Er berührt sie. Anna weicht nicht zurück. Überall ist Erleichterung. Ganz nah ist er. Seine Haut, sein Mund, Max. *Ich hatte Angst,* flüstert er. *Ich auch,* flüstert sie. Dann schiebt sie ihn weg. *Wir müssen es ja nicht übertreiben,* sagt sie und setzt sich wieder zu Molly und Mandy.

Eine Stunde noch müssen die beiden überleben. Sobald sie zurück an Bord sind, ist der Spuk vorbei, sie werden ein Taxi zum Hintereingang bestellen und zum Hafen fahren, sie werden zurück auf dieses verdammte Schiff gehen und die beiden lebend ins Bett bringen. Anna und Max sind sich einig. Fink wird niemanden töten. Nicht heute.

17

Fink war wie vom Erdboden verschluckt. Er war nicht auf seinem Zimmer, in keinem der Speisesäle, in keiner Bar, er war auf keinem der Decks. Sie hatten sich aufgeteilt, um ihn zu suchen. Aber Fink blieb verschollen. Kurz waren sie überzeugt davon, dass er die Gelegenheit genutzt hatte, um für immer von der Bildfläche zu verschwinden. Er hatte sie an der Nase herumgeführt, hatte sie dazu gebracht, den ganzen Tag mit zwei, zugegebenermaßen durchaus amüsanten, Ex-Stripperinnen zu verbringen. Fink hatte mit ihnen gespielt und in jeder Hinsicht gewonnen. Sie hatten es ihm zu hundert Prozent zugetraut, Anna und Max waren überzeugt davon gewesen, dass es passieren würde, dass Fink töten würde, dass er ihnen zeigen würde, wozu er imstande war. Doch nichts war passiert. Die berauschten Damen schliefen nach einem letzten Gläschen in der Fitnessbar sanft in ihren Zimmern ein. Fink hatte sie vorgeführt, er hatte mit ihrer Angst gespielt. *Wäre ich der Mörder, würde eine der beiden den morgigen Tag nicht überleben.* Das hatte er gesagt. Um ihnen zu zeigen, wie wenig Platz zwischen Schuld und Unschuld ist, um ihnen zu zeigen, dass er am längeren Ast sitzt. Kein Polizist der Welt hätte etwas gegen ihn unternommen, es gab nichts, das ihn belastete, kein Motiv, keine Indizien, gar nichts, Fink hätte jedem Richter ins Gesicht gelacht. Mit einem Grinsen hätte er die Entschuldigungen für die ihm entstandenen Unannehmlichkeiten angenommen. Fink war frei.

Den werden wir nie wieder sehen, sagte Anna, während das Schiff aus dem Hafen von Barcelona lief. Und fast hätte es sich gut angefühlt. Wenn Fink nie wieder aufgetaucht wäre, wenn alles so geendet hätte. Wie schön es gewesen wäre, wie viel Wut und Zorn und Ohnmacht ihnen erspart geblieben wären am Morgen nach dieser Nacht. Mit offenen Augen die Fortsetzung des Albtraums. Wie gerne

Max einfach alles vergessen hätte, alles, was mit Fink zu tun hatte, nicht aber den Rest.

Anna Fröhlich. Auch für sie war die Begegnung mit Max etwas Besonderes, auch sie konnte und wollte sich nicht dagegen wehren. Sie versuchte zwar, sich Max vom Leib zu halten, scheiterte aber. Vor zehn Stunden hat sie ihn zum ersten Mal geküsst. Ein Kuss wie ein Bankraub, eine spontane Idee, die zum Abenteuer wurde, auf wilden Pferden galoppierten sie mit der Beute davon, wie ein Wildbach war es, der sie mitriss. Stille Leidenschaft, die plötzlich laut war. Anfangs wollten sie nur schlafen und den Tag vergessen, doch was passiert war, ließ ihnen keine Ruhe. Es trieb sie aufeinander zu, ließ sie immer weiter reden, und irgendwann hielten sie sich. *So wie du mich umarmt hast heute. Kannst du das noch einmal tun?* Anna bat Max und er zögerte nicht, er hätte nichts lieber getan. Sie spüren, sie riechen, sie einatmen. Anna Fröhlich ganz nah. Ihr Mund auf seinem, ihre ineinander verflochtenen Finger, Haut an Haut die ganze Nacht. Eng umschlungen, ein unbeschreibliches Gefühl. Nur ihr Atmen nebeneinander, Max wollte für immer mit ihr in diesem Bett bleiben. Ihr beim Schlafen zusehen. Doch Fink war dagegen.

Ein SMS holt Max zurück in die Wirklichkeit, reißt ihn aus der Umarmung mit Anna. Still steht er auf, zieht sich an und lässt Anna zurück. Er will sie nicht wecken, ihr Glück nicht kaputtmachen. Er will dieses Bild nicht zerstören. Diese wunderschöne Frau in den weißen Laken. Max küsst sie sanft auf die Stirn und zieht leise die Tür zu. *Lassen Sie uns reden. Deck 14, Poolbar*. Max macht sich auf den Weg, er will wissen, was als Nächstes kommt, woher Fink seine Telefonnummer hat, warum er ihn zu sich bestellt. Er ist also immer noch auf dem Schiff, und er spielt immer noch seine Spielchen. Sosehr sich Max auch gewünscht hat, dass es vorbei wäre, es hat nichts genützt. Fink macht den nächsten Zug. Und Max schaut zu. Weil Fink es so will.

Früher Morgen am Schiff. Noch tummelt sich niemand am Pool. Die ersten Gäste sitzen beim Frühstück, die Poolbar ist geschlossen. Max schaut sich um, er sucht ihn, er wird ihm sagen, dass er verschwinden soll, Fink soll in Tunis an Land gehen und nicht zurückkommen. Max will einen Schlussstrich, er will zu Baroni, zurück ins Bett zu Anna. Ein letztes Mal wird er mit Fink reden, dann will er alles vergessen, was war. Er hat es sich gründlich überlegt, während er neben Anna im Bett lag, er wird Fink keine Aufmerksamkeit mehr schenken, ihm keine Bühne mehr geben, Max wird sich umdrehen und gehen. Nur ein paar Worte noch, eine Art Abschied, weil alles andere sinnlos wäre. Weil Fink Max immer einen Schritt voraus sein würde, weil nicht absehbar wäre, was er noch tun würde, wozu er noch fähig sein würde. Ob er noch einmal töten würde.

Lassen Sie uns reden, stand in dem SMS. Doch Fink ist nicht da. Max sucht das ganze Deck ab, doch keine Spur von ihm, kein Mörder weit und breit. Nur ein Passagier, der sich die Hände vor sein Gesicht hält und in den Pool starrt. Im Wasser schwimmt ein Körper, ohne Regung mit dem Gesicht nach unten.

18

– Das warst du.
– Was?
– Die Leiche im Pool.
– Was Sie mir alles zutrauen. Gestern die charmanten Damen und heute einer dieser armen Indonesierteufel, die hier den ganzen Tag das Messing polieren. Das Einzige, was ich dazu sagen kann, ist, dass ich es sehr traurig finde, was hier passiert ist.
– Verdammter Heuchler.
– Ach, ach.
– Du hast mich dorthin bestellt.
– Zufall. Ich wollte nur mit Ihnen plaudern, aber die Poolbar hatte leider noch nicht geöffnet. Deshalb habe ich mich hierher zurückgezogen und auf Sie gewartet.
– Am Morgen im Casino?
– Black Jack. Ich liebe dieses Spiel.
– Ein Mensch ist gerade gestorben.
– Wie gesagt, das ist sehr tragisch, aber was hat das bitte schön mit mir zu tun?
– Ist schon gut.
– Es ist gut?
– Er hat dir nichts getan. Wahrscheinlich kanntest du ihn nicht einmal.
– Was würde denn das für einen Unterschied machen? Wie gesagt, eine persönliche Beziehung zum Opfer würde das Ganze nur verkomplizieren.
– Was redest du da nur?
– Stellen Sie sich vor, die Leiche im Pool wäre eine der beiden Damen, die Sie kennengelernt haben. Sie wären jetzt wahrscheinlich erschüttert, oder? Den Verlust dieses armen braunhäutigen Teufels können wir beide hingegen wesentlich leichter verschmerzen. Wir können in Ruhe hier sitzen, einen Drink nehmen und Karten spielen, während draußen Betroffenheit herrscht.

– Was bist du nur für ein Unmensch.
– Jetzt schauen Sie doch nicht so schockiert. So etwas kann einen gestandenen Totengräber doch nicht aus dem Konzept bringen. Ich dachte wirklich, wir sind aus demselben Holz.
– Das sind wir nicht.
– Aber du unterhältst dich mit einem Mörder, du trinkst Bier mit ihm. Wer macht das schon? Irgendetwas verbindet uns wohl.
– Nein. Ich bin nicht so wie du.
– Mag schon sein, dass Sie bis jetzt in einer heilen Welt gelebt haben, aber manchmal verändern sich die Dinge eben. Das kann ganz schnell gehen, glauben Sie mir. Ich war auch nicht immer so, wie ich jetzt bin.
– Dein Finger, oder was? Bringst du deshalb Leute um? Glaubst du tatsächlich, dass dein persönliches Unglück irgendetwas von dem rechtfertigt, was du tust?
– Da war noch wesentlich mehr. Nicht nur der Finger. Viel mehr, das können Sie mir glauben.
– Was kann so schlimm sein, dass man zum Mörder wird?
– Da ist wohl keiner gefeit davor. Ich bin überzeugt davon, dass auch Sie dazu fähig wären. Sonst wären Sie nicht hier.
– Was soll das heißen?
– Mich zu töten, das wäre doch das Einfachste, oder? Es gibt bestimmt einen Punkt, an dem auch Sie nicht mehr davor zurückschrecken würden.
– Unsinn.
– Ich erzähle Ihnen, was passiert ist, und Sie entscheiden. In Ordnung?
– Was?
– Ob es gerecht war.
– Um Himmels willen, es geht doch nicht um Gerechtigkeit.

– Doch, darum geht es.
– Klavierspielen ist nicht alles. Du warst noch jung, du hattest deine Chance auf einen Neuanfang.
– Nein. Die hatte ich nicht.
– Ich weiß gar nicht, warum ich dir überhaupt zuhöre.
– Weil Sie neugierig sind und weil Sie mich mögen.
– Du bist wirklich nicht ganz dicht.
– Ich war verheiratet damals, als das mit dem Hund passiert ist. Meine Frau war schwanger, wir hatten eine Wohnung gekauft, alles war gut.
– Und?
– Sie hat mich verlassen.
– Warum?
– Ich hatte zu trinken begonnen. Das hat sie nicht mehr ertragen. Sie hat unser Kind genommen und ist verschwunden. Für immer. Einfach weg.
– Selber schuld.
– Ich habe alles verloren. Frau, Kind, Wohnung. Ich habe zehn Jahre lang auf der Straße gelebt. Habe mit neun Fingern in den Fußgängerzonen auf einem billigen Keyboard Musik gemacht.
– Das rechtfertigt keinen Mord.
– Warten Sie, es wird noch besser.
Nichts rechtfertigt, was du getan hast.
– Eines Nachts kamen fünf Jugendliche in meine Gasse, sie wollten Spaß haben. Einen Obdachlosen aufmischen. Sie wollten die Stadt säubern, haben sie gesagt. Den Abschaum von der Straße wischen, dem alten Drecksack zeigen, dass er nichts verloren hat auf dieser Welt.
– Sie haben dich verprügelt?
– Ja, das haben sie.
– Auch das rechtfertigt keinen Mord.
– Sie haben auf mich eingetreten, sie waren wie losgelassene Bestien. Je mehr ich geschrien habe, desto

heftiger waren die Tritte. In den Bauch, auf den Kopf, überallhin.

– Da oben im Pool liegt eine Leiche. Der Mann wurde nicht nur verprügelt, sondern umgebracht. Der wird auf keiner Kreuzfahrt mehr Messing polieren. Nie wieder, verstehst du. Er ist tot. Und du hast ihn umgebracht. Nur weil dich ein paar Jugendliche verprügelt haben.
– Sie haben nicht aufgehört, sie haben einfach weitergemacht. Mich kaputtgeschlagen.
– Tja, so ist das Leben.
– Das war noch nicht alles. Das Beste von allem kommt noch, das Finale der Säuberung. Sie haben den Steinbeißer mit mir gemacht.
– Den Steinbeißer?
– Sie haben mich festgehalten und meinen Kopf an die Bordsteinkante gedrückt. Sie haben mich gezwungen, den Mund aufzumachen. Beiß ab, haben sie geschrien. Beiß in den Stein, du Arschloch. Sekunden später dann ein Stiefel auf meinem Hinterkopf. Mit voller Wucht ist alles auseinandergebrochen, mein Kopf, mein Kiefer, meine Zähne. Alles, was ich noch hatte. Einfach so. Weil sich ein paar Jungs einen Spaß machen wollten.
– Klingt nicht gut.
– Und wissen Sie, was das Schlimmste war?
– Nein.
– Da sind Leute vorbeigekommen. Sie haben mir nicht geholfen. Sie haben die ganze Zeit dagestanden und haben zugesehen. Ihre Betroffenheit hat nicht ausgereicht, um etwas zu unternehmen. Ich war nur ein Obdachloser, der eine Abreibung bekam. Keiner hat mir geholfen. Es hatte nichts mit ihnen zu tun. Sie haben zugesehen, wie ich unterging, dann sind sie weitergegangen.

– Und die Schläger?
– Die hatten die Nacht ihres Lebens.
– Und dein Kopf?
– Ich lag eineinhalb Jahre im Krankenhaus. Schrauben und Metall, Therapeuten. Ein Leben im Vierbettzimmer.
– Hat man die Jungs erwischt?
– Ja, das hat man.
– Und?
– Alle aus sehr gutem Hause, Söhne reicher Eltern. Sie wollten um jeden Preis, dass die Zukunft ihrer Kinder durch dieses kleine Missgeschick nicht getrübt werden würde.
– Du hast Geld bekommen?
– Ich habe keine Anzeige erstattet.
– Du hast sehr viel Geld bekommen.
– Ja, und ich habe auch das Trinken sein lassen. Bis gestern kein Schluck.
– Und jetzt säufst du wieder, oder was?
– Sie inspirieren mich.
– Und warum erzählst du mir das alles?
– Weil Sie da sind. Weil Sie mir zuhören. Weil ich schon sehr lange nicht mehr darüber gesprochen habe.
– Und was soll ich jetzt tun? Soll ich es gutheißen, dass du rumläufst und Menschen dafür bestrafst, dass du Pech hattest?
– Pech nennen Sie das?
– Immerhin säufst du nicht mehr, du hast Geld und du bist von der Straße weg. Vielleicht hat ja alles auch was Gutes.
– Nicht für den Mann im Pool, oder?
– Nein, für den nicht.
– Sie sollten es endlich einsehen, Herr Broll.
– Was?
– Dass auch Sie töten könnten. Ich bin mir ganz sicher.

– Egal, wie oft du es noch sagst, ich bin nicht du.
– Sie brauchen nur einen ordentlichen Grund, glauben Sie mir. Etwas, das Sie aus der Bahn wirft, eine Motivation, die stärker ist als Ihre Vernunft. Stellen Sie sich vor, Ihre Mutter ruft an und sagt Ihnen, dass Ihr Freund aufgehört hat zu atmen. Das würde Sie ordentlich aufwühlen, oder? Das würde Sie wesentlich betroffener machen als der Tod der indonesischen Hilfskraft, stimmt's? Es würde Sie wütend machen, ich weiß es.
– Baroni wird überleben.
– Dann stellen Sie sich vor, irgendjemand anderer stirbt, den Sie gernhaben. Ein geliebter Mensch würde umgebracht werden. Oder einfach für immer spurlos verschwinden. Ich bin mir sicher, Sie würden zur Höchstform auflaufen. Jemanden zu töten wäre plötzlich eine Option, Sie würden gar nicht lange nachdenken, glauben Sie mir. Ich weiß, wie Sie ticken. Sie könnten das. Ohne zu zögern würden Sie es tun. Sie werden sehen.
– Gar nichts werde ich tun. Es reicht, Fink. Ich habe genug von dir. Du hast gewonnen, ich gehe, du bist mich los. Ich werde zurückfahren in mein Dorf und dich in Ruhe lassen. Bring um, wen du willst, ich werde dich nicht aufhalten.
– Sie geben also auf?
– Ja.
– Und was ist dann mit Anna Fröhlich?
– Was soll mit ihr sein?
– Ich habe Ihnen beiden aus der Ferne zugesehen. Es schien mir, als läge Ihnen das Wohl der jungen Dame ganz besonders am Herzen.
– Was soll das heißen?
– Das soll heißen, dass es sehr traurig wäre, wenn ihr etwas zustoßen würde, oder?

19

Max rennt. Aus dem Casino, die Treppen nach oben in den vierzehnten Stock. Plötzlich packt ihn Panik. Was Fink gesagt hat. Dass ihr etwas passieren könnte. Dass er ihr etwas angetan haben könnte, während Max ihn auf dem ganzen Schiff gesucht hat. Max will zu ihr, sie in den Arm nehmen, sie festhalten, sie beschützen vor diesem Monster. Schnell läuft er durch die Gänge zur Suite. Er öffnet die Tür und hört hin, ob da ein Geräusch ist. Ob Anna noch da ist. Er stürmt ins Schlafzimmer, er sieht das leere Bett, er rennt zum Badezimmer und reißt die Tür auf. Ein tonnenschwerer Stein fällt ihm vom Herzen, als er ihre Stimme hört. *Wo warst du?*, sagt Anna. *Gott sei Dank*, sagt Max.

Eine nackte Frau, die ihn anlächelt, die ihre Arme nach ihm ausstreckt, die ihn samt Klamotten zu sich in die Wanne zieht. Anna. Wie sehr sie sich freut, dass er wieder bei ihr ist. Wie gierig sie ihm das T-Shirt und die Hose auszieht und wie Max in ihren Armen verschwindet. Seine Augen zumacht. Wie er sich fallen lässt und sich in ihr verkriecht. Es gibt nur mehr sie beide. Nur dieses Badezimmer, diese Lippen, die sich sanft berühren. Wie ein Geschenk ist alles an ihr. Jedes Wort, jede Berührung, jedes Lächeln, das sie ihm schenkt. All das, was seit zwei Tagen zwischen ihnen zu glühen begonnen hat, eine Begegnung, die alles andere in den Schatten stellt, alles für einen Augenblick vergessen lässt, was draußen vor der Tür passiert. Kurz die Augen geschlossen halten. Nicht an Fink denken, an den fremden Mann im Pool, an Baroni, an Tilda, die er längst anrufen hätte sollen, an die Frau in Voghera, die um ihren Mann trauert, an den Hund, der Finks Leben zerstört hat. Nicht daran denken, solange sie ihn küsst, solange sie mit ihren Fingern über seinen Rücken streicht.

Über eine Stunde lang ist Max im Paradies. Eine Ahnung von Liebe ist es. Ein Gefühl, an das er nicht mehr geglaubt hat. Nähe, die er jeden Tag vermisst hat, seit Hanni tot ist. Zurückgezogen auf einer Insel, entdeckt er fremde Landschaften, er riecht an ihr, er kostet sie, verschlingt sie. Anna Fröhlich. Kein Wort zu ihr über Fink. Dass er ihn getroffen hat, kein Wort darüber, was Fink ihm erzählt hat, dass wieder jemand gestorben ist. Noch nicht. Es noch ein paar Minuten lang verschweigen, Fink nicht in diesen Raum lassen. Max will es nicht kaputtmachen, diesen Moment, das Gefühl, er will Anna nicht beunruhigen, er muss nachdenken, versuchen zu begreifen, während Anna sich abtrocknet, zurück in den Wohnraum geht und Essen aufs Zimmer bestellt. Nachdenken. Einen Ausweg suchen.

Hin- und hergerissen ist er. Weil er sich vorstellt, was Fink alles ertragen hat, was er alles getan hat. Max ist davon überzeugt, dass Baroni nicht sein erstes Opfer war, dass er schon vorher getötet hat. Diese Wut in ihm ist schon lange da, ist über Jahre gewachsen. Dieser Hass auf die Menschen. Sein unbedingter Wunsch, jemanden für sein Leid zu bestrafen. So einfach war es. Alles, was Fink ihm erzählt hat. Der Wunsch in seinen Augen, verstanden zu werden, der Mörder, der um Verständnis bettelt, der Mörder, der im selben Atemzug droht, der alles rund um sich kaputtschlägt, alles Schöne zerstört, indem er es auseinanderbricht. Anna, die er ihm nehmen will, dieses Glück, das er gerade gefunden hat. Die Angst ist groß, dass Fink es ernst meint. Max weiß, was es bedeutet, wie es sich anfühlt. Nie wieder will er einen Menschen verlieren, der ihm wichtig ist. Deshalb wird Anna überleben. Baroni wird überleben. Und auch er selbst. Er weiß, was Fink gemeint hat, als er sagte, auch Max wäre fähig zu töten. Er weiß es. Fink fordert ihn heraus, fast ist es so, als würde er darum betteln, dass Max es beendet. Das arme Schwein, das darum schreit, geschlachtet zu werden.

Nur Worte sind es, alles, was Fink bisher gesagt hat. Nur Worte, keine Beweise. Nur eine Ahnung, eine Gewissheit, die den freundlichen älteren Herrn zur Gefahr macht. Zu Annas Mörder. Wenn Max nicht auf sie aufpasst. Wenn Fink es ernst meint, wenn er seine Drohung wahr macht, wenn es nicht nur leeres Gerede war, das Max bei der Stange halten soll. Finks Wunsch, dass Max bleibt, dass er nicht weggeht, ihn nicht alleinlässt, vielleicht tatsächlich ein Versuch, Max dazu zu bringen, ihn zu töten. Ihn über die Reling ins Meer zu werfen, damit das Elend ein Ende hat, das Morden. Max muss Anna beschützen, sie müssen in der Suite bleiben. Hier sind sie sicher. Bis der Zimmerservice kommen wird, bis Anna essen will, was sie bestellt hat. Dann die Sorge, dass Fink die Omeletts vergiftet haben könnte, den Orangensaft, vielleicht hat er den Kellner bestochen, vielleicht steht er selbst vor der Tür und sticht mit einem Messer auf sie ein, wenn sie öffnet. Alles ist möglich, Fink hat ihm seine Krallen gezeigt, Max muss es ihr sagen. Er kann nicht auf sie aufpassen, wenn sie nicht weiß, dass Gefahr droht. Deshalb zieht er sie zu sich auf das Sofa.

Er erzählt ihr, was er gesehen hat, was Fink gesagt hat. Er lässt nichts aus, beantwortet alle Fragen, er füttert sie, bremst sie, damit sie sich nicht sofort auf den Weg macht, um sich auf ihn zu stürzen. *Er ist gefährlich*, sagt Max. *Ich will zu dem Toten im Pool*, sagt Anna, nimmt ihren Fotoapparat und stürzt trotz aller Bedenken, die Max in den Raum wirft, aus dem Zimmer.

Was Max auf keinen Fall wollte, es passiert. Wie Freiwild läuft Anna über das Schiff, so als könnte niemand auf der Welt ihr etwas anhaben. Anna Fröhlich recherchiert. Statt sich für das Schiff und all seine Vorzüge zu interessieren, befragt sie den Chefsteward zu dem toten Hilfsarbeiter im

Pool. Eine von hunderten indonesischen Arbeitskräften sei er gewesen, vermittelt von einer internationalen Jobagentur, ein ordentlicher Mann, der noch niemals negativ aufgefallen sei. Still und brav habe er Staub gewischt und Messing poliert, bevor er in den Pool gefallen sei. *Er muss gestürzt sein*, sagt der Steward. *Er hat sich den Kopf angeschlagen, er muss ohnmächtig geworden und gefallen sein. Unglücklicherweise ist er dann ertrunken.*

Man geht selbstverständlich von einem Unfall aus, kein Gedanke wird an Mord verschwendet, niemand nimmt es auch nur eine Sekunde lang an. Deshalb sind Annas Fragen nicht willkommen. Dass sie den Verstorbenen sehen will, den der Kapitän im Untergrund hat verschwinden lassen, macht die Verantwortlichen nervös. Aber wenn eine Journalistin, die für die größte und einflussreichste Zeitung Deutschlands schreibt, Aufklärung will, dann ist man bemüht, ihren Wünschen nachzukommen. Man bringt Anna zu dem Toten. Man will nicht, dass sie das Gefühl hat, etwas würde verschleiert werden, auch wenn man sich über ihre Schnüffelei ärgert, ihr werden alle Türen geöffnet. Man versucht sie davon zu überzeugen, dass es tatsächlich nur ein bedauerlicher Unfall war. Die Wunde am Hinterkopf des Toten, die Stelle am Beckenrand, an der es passiert sein muss, die Vorgeschichte des Toten, das fehlende Motiv für einen Mord, keine Zeugen, niemand hat etwas gesehen. Nichts deutet auf einen Mord hin, auf Fink. Er hat nichts damit zu tun. Deshalb bedankt Anna sich und gibt Entwarnung. Auch sie glaubt jetzt offiziell an einen Unfall. Ein paar Stunden, nachdem es passiert ist, ist alles wieder so, wie es vorher war. Alltag an Bord, das heile Leben geht weiter. Die Leiche wird in Tunis von Bord gebracht und irgendwann in die Heimat des Toten überstellt. Die Uhren drehen sich weiter. Das Schiff rollt über das Meer. Und Anna flucht.

Den ganzen Tag lang. Die ganze Nacht lang am Meer, Max weicht nicht von ihrer Seite, ständig versucht er sie zu überreden, mit ihm zurück in die Suite zu gehen, sich von Fink fernzuhalten. Doch Anna ist nicht zu stoppen. Wie ein Bluthund ist sie, auf dem ganzen Schiff sucht sie nach ihm, ob Max es will oder nicht. Er bleibt bei ihr und betet dafür, dass keine Kugel sie trifft, dass sie nicht von hinten von einem Kerzenständer erschlagen wird, dass sie nicht einfach vor ihm im Meer untergeht. Bis zu dem Moment, in dem sie die Türe zur Suite hinter sich schließen, hat Max Angst um sie. Unvorsichtig ist sie, unbedacht und eigensinnig, sie besteht darauf, diese Geschichte zu schreiben, sie will dieses Interview mit Fink, sein Geständnis. Anna träumt von der Story ihres Lebens, sie kann es riechen, sie will es unbedingt. Doch wieder scheitert sie. Wieder ist da kein Mörder weit und breit. Keine Beweise. Nichts. Sogar in seinem Zimmer waren sie, Anna hat der Serviceleiterin von Deck 10 hundert Euro in die Hand gedrückt und um fünf Minuten in Room 1073 gebeten, doch außer Finks Kleidung, einigen Büchern und Toilettenartikeln war da nichts. Kein Hinweis. Nichts, das diesen Mann zum Mörder gemacht hätte. Keine Waffe, keine Fotos, keine Zeitungsartikel, die er gesammelt hat, keine Berichte über seine Opfer, über diese Unfälle, die passierten, wenn er in der Nähe war. Da ist nichts, nur die Behauptungen einer ehrgeizigen Journalistin und eines Totengräbers. Das Leben geht weiter. Ein natürlicher Kreislauf ist es, mehr nicht. Menschen kommen auf die Welt, Menschen sterben.

20

– Um Himmels willen, Max. Wo bist du?
– In Tunis.
– Was zur Hölle machst du in Tunis?
– Wie geht es Baroni?
– Unverändert.
– Scheißdreck.
– Was ist los mit dir, Max?
– Das frage ich mich auch, Tilda. Wie kann es sein, dass ich schon wieder mitten im Chaos stecke, dass schon wieder alles den Bach runtergeht. Ich ziehe das Unglück an wie Scheiße die Fliegen.
– Warum bist du in Tunis, Max?
– Fink.
– Nein.
– Doch.
– Du solltest diesen Mann doch in Ruhe lassen.
– Dieser Mann bringt einfach Menschen um. Wahllos, verstehst du? Er kennt seine Opfer nicht, er tötet sie einfach.
– Welche Opfer?
– Ich möchte nicht wissen, wie viele es sind, Tilda.
– Ganz von vorne, Max. Du erzählst mir jetzt, was passiert ist, der Reihe nach, bitte.
– Ich habe mich verliebt, Tilda.
– Wie bitte?
– Ich muss diese Frau wiederfinden, ich könnte mir nicht verzeihen, wenn ihr etwas passiert ist.
– Langsam, Max. Welche Frau? Wo hast du sie kennengelernt, wer ist sie? Und was soll ihr passiert sein?
– Fink.
– Du bist ja völlig neben der Spur. Bitte, sag mir, wo genau du bist, welches Hotel, wo ich dich finde. Sag mir, was passiert ist, dann kann ich dir helfen.
– Du kannst mir nicht helfen, Tilda, glaub mir. Das muss ich alleine zu Ende bringen.

- Was, Max?
- Irgendjemand muss ihn aufhalten.
- Bitte, mach keinen Unsinn, Max.
- Vor einer Stunde hat er einem Mann die Kehle durchgeschnitten.
- Max, es reicht. Ich will, dass du auf der Stelle nach Hause kommst. Ich mache mir wirklich Sorgen um dich.
- Wieder hat es niemand gesehen, Tilda. Mitten auf dem Basar hat er es getan, vor hunderten Menschen.
- Aber du hast es wieder gesehen? Als Einziger? Das hatten wir schon, Max. Wie gesagt, ich denke, es ist das Vernünftigste, wenn du wieder nach Hause kommst. Dann reden wir. Ich werde mich darum kümmern, versprochen.
- Ich habe es nicht gesehen, Tilda. Aber es kann nur er gewesen sein. Überall, wo er auftaucht, sterben Menschen. Zuerst das mit Baroni, dann ein Mann in Voghera am Bahnsteig, ein paar Tage später ein Indonesier im Pool, und nun ein Mann im Friseursalon in Tunis. Fink muss sich das Rasiermesser gegriffen und ihm den Hals aufgeschnitten haben.
- Du weißt, wie das alles klingt, oder?
- Ja, das weiß ich, aber trotzdem ist es wahr. Anna und ich, wir haben ihn verfolgt, wir sind ihm nachgegangen, haben ihn beobachtet, wir wollten nicht, dass noch etwas passiert. Wir haben ihn nur einen kleinen Augenblick aus den Augen verloren, dann ist es passiert.
- Diese Frau heißt also Anna? Das Mädchen, in das du dich verliebt hast. Sie war bei dir, als das alles passiert ist?
- Ja.
- Und sie glaubt dir?
- Ja, Tilda, das tut sie. So viele Zufälle auf einmal gibt es nämlich nicht. Immer, wenn Fink auftaucht, gibt es Tote.

– Du musst mir mehr erzählen, Max, sonst kann ich dir nicht helfen. Für mich klingt das alles so, als hättest du hohes Fieber. Du musst verstehen, dass ich das nicht einfach so schlucken kann. Du wirst mir deshalb die ganze Geschichte noch einmal von vorne erzählen müssen. Alles, Max. Von dem Moment an, in dem du hier weg bist.
– Ich habe kein Fieber, Tilda.
– Ich möchte dir ja glauben, Max.
– Es gibt einen Beweis.
– Was?
– Das Rasiermesser, mit dem er dem Tunesier die Kehle durchgeschnitten hat.
– Was ist mit dem Messer?
– Es ist in meiner Tasche. Er muss es mir hineingesteckt haben, bevor er verschwunden ist.
– Du sagst mir jetzt sofort, wo du bist, Max.
– In einem Taxi auf dem Weg zurück zum Schiff.
– Was für ein Schiff?
– Ein Kreuzfahrtschiff. Ich bin ihm bis Genua gefolgt und dann mit ihm an Bord dieses verdammten Schiffes gegangen. Anna hat mir dabei geholfen.
– Wo ist Anna? Du hast gesagt, dass sie verschwunden ist? Was ist mit ihr, Max?
– Sie ist weg, Tilda. Ich habe mich nur einmal kurz umgedreht und dann war sie nicht mehr da. Keine Spur von ihr. Ich weiß nicht, wo er sie hingebracht hat.
– Wie kannst du dir sicher sein, dass er etwas mit ihrem Verschwinden zu tun hat?
– Weil er ein SMS geschrieben hat.
– Ein SMS?
– Noch lebt sie, hat er geschrieben.
– Und weiter?
– Dass sie stirbt, wenn ich nicht zurück an Bord komme und ihm Gesellschaft leiste.

- Das hat er geschrieben? Er hat tatsächlich gedroht, Anna zu töten? Damit hätten wir etwas gegen ihn in der Hand.
- Leider nicht. So dumm ist er nicht. So deutlich hat er es nicht formuliert. Aber ich weiß, dass es so gemeint war.
- Und du bist dir sicher, dass sie in Gefahr ist?
- Ja.
- Was will dieser Mann von dir?
- Er will, dass ich ihn töte.
- Bitte was?
- Entweder er stirbt oder Anna.
- Was um Gottes willen redest du da, Max?
- Darauf läuft es hinaus. Deshalb bin ich überhaupt noch am Leben, Tilda. Und deshalb werde ich mich jetzt um dieses Schwein kümmern.
- Du wirst jetzt gar nichts mehr tun, Max. Du setzt dich jetzt sofort in das nächste Flugzeug und kommst zurück.
- Um mich musst du dir keine Sorgen machen, Tilda. Er hätte genügend Möglichkeiten gehabt, es zu tun.
- Was zu tun?
- Mich zu töten. Er hat es aber nicht getan, im Gegenteil, er hat Bier mit mir getrunken, sich unterhalten mit mir, Spielchen gespielt.
- Bitte, sag, dass das alles nicht wahr ist.
- Das kann ich leider nicht, aber glaub mir, nichts wäre mir im Moment lieber.
- Was soll ich nur tun, Max?
- Wünsch mir Glück.
- Du versprichst mir jetzt etwas.
- Was?
- Du wirst niemanden töten.
- Das kann ich leider nicht, Tilda.

21

Mörderische Stimmung auf dem Markt, finden Sie nicht auch? Stellt sich noch die Frage: Bleibt auch Anna fröhlich? Kommen Sie doch zurück an Bord und finden Sie es heraus.

Knapp eine Stunde, nachdem der Tunesier in dem Friseurladen verblutet ist, hat Max diese Zeilen gelesen. Kurz nachdem er das blutige Rasiermesser in seiner Jackentasche gefunden hat. Er saß in dem Taxi und wollte sein Telefon herausziehen, um Tilda anzurufen, da spürte er das Metall zwischen seinen Fingern. Fink hatte ihm gezeigt, wie einfach es war, wie schnell man zum Mörder werden konnte. Die Fingerabdrücke von Max auf der Tatwaffe, es hätte nur noch einer Kleinigkeit bedurft, dann hätten sie sich auf ihn gestürzt. Ein anonymer Anruf von Fink bei der Polizei und Max wäre für immer in einem tunesischen Gefängnis verschwunden. Aber Fink verzichtete darauf. Es reichte ihm zu wissen, dass Max seine Überlegenheit spüren konnte, dass Max begriff, wie weit er bereit war zu gehen.

Chaos am Basar, als die Ersten begriffen, was passiert war. Die gemütliche Geschäftigkeit unterbrochen durch einen kaltblütigen Mord. Alle waren in Panik, alle liefen und schrien durcheinander. Max sah, was Fink angerichtet hatte. Im Vorübergehen hatte ein unschuldiger Mann sein Leben verloren. Der Täter verschwunden. Die unzähligen Touristen unter den Lauben hatten ihn verschluckt, Fink war in dem Strom aus verängstigten Menschen davongeschwommen. Er und Anna. Plötzlich war sie nicht mehr da gewesen. Nur einige Sekunden hatte Max sich von ihr abgewandt, dann war sie weg. Fink musste sie gezwungen haben, mit ihm zu kommen. Wahrscheinlich hat er sie mit einer Waffe bedroht. Irgendwo am Schiff muss er sie jetzt versteckt haben, vielleicht gefesselt, geknebelt, in eine Kiste gepfercht. Geschlagen, betäubt, Max rechnet mit dem Schlimmsten, als er wieder zurück an Bord geht. Er ist bereit, alles für sie zu tun, da ist keine Grenze, die er nicht für sie überschreiten würde. Doch zuerst muss er die beiden finden. Und Max weiß, dass das nicht gelingen wird, wenn Fink es nicht will. Also muss er warten, bis Fink sich wieder meldet. Und hoffen, dass ihr nichts passiert, dass er sie wiedersieht. Anna Fröhlich.

Wie weh die Vorstellung tut, dass sie nicht mehr da sein könnte. Wie sehr es brennt in ihm. Obwohl er sie eigentlich gar nicht kennt. Erst seit drei Tagen sind sie zusammen und trotzdem fühlt es sich so an, als wäre alles tief und groß und weit. Schön ist dieses Gefühl. Und unerträglich, dass es bedroht ist. Diese Ohnmacht tut weh, sie lähmt ihn, unwirklich ist alles. Unfassbar grausam und absurd. Für Fink sind es nur Figuren in einem Computerspiel, Leben, die er verloren hat, Opfer am Rande, ohne Anteilnahme, wie Fliegen, die man erschlägt, an die man nicht mehr denkt in dem Moment, in dem sie nicht mehr herumfliegen. Wertlos alles. Auch das Leben von Anna. Für Fink bedeutet es nichts, wenn sie stirbt. Für Max würde eine Welt zusammenbrechen, der nächste Mensch, auf den er sich eingelassen hat, würde einfach tot sein. Sich nicht mehr rühren, ihn nicht mehr berühren. Ein Gefühl, das er lange vermisst hat. Etwas Schönes, das er nicht mehr loslassen will. Nie wieder.

Verzweifelt wandert er über das Schiff. Max kann nicht still sitzen, wie ein Tier im Käfig dreht er seine Runden, denkt nach, quält sich, erinnert sich an ihre Lippen, an diese Nacht, die sie miteinander verbracht haben. *Anna,* flüstert er. *Wo bist du? Halt durch, Anna, ich werde dich finden. Bitte, Anna.* Und Baroni. Auch an ihn denkt er. Max spornt ihn in Gedanken an, endlich gesund zu werden. Er wünscht sich seinen Freund an seine Seite, mit ihm wäre jetzt alles einfacher, gemeinsam hätten sie längst eine Lösung gefunden. Doch Baroni liegt immer noch in diesem Krankenbett und kämpft darum, seine Augenlider heben zu können. Eine Woche schon ist er weg, Tage, die Max wie eine Ewigkeit vorkommen, Tage, in denen mehr passiert ist als im ganzen letzten Jahr. Zu viel alles, jeder Schritt tut weh, jeder Blick, in dem Baroni und Anna nicht vorkommen. Von Minute zu Minute verliert Max die Hoffnung. Dass er sie wiedersehen wird. Dass Baroni wieder aufwachen wird. Er traut Fink alles zu, er rechnet mit dem Schlimmsten, er kann diesen Wahnsinnigen nicht einschätzen. In einem Moment ist Max sich sicher zu wissen, was Fink vorhat, im nächsten zweifelt er wieder daran. Nur eines weiß er mit Gewissheit: Fink wird nicht aufhören. Fink will spielen. Mit Max. Und zwar genau jetzt.

Dann sieht er sie. In der Bar am Oberdeck neben den zwei kleinen Pools sitzen sie. Dort, wo jeder sie sehen kann, unter all den Menschen. Gemeinsam an einem Tisch. Max bleibt stehen und schaut. Er versteht nicht, was er sieht, dass sie ihn anlächelt, dass es den Anschein hat, als würden die beiden sich gut unterhalten. Keine Entführung ist es, Anna wird nicht gegen ihren Willen festgehalten. Sie sitzt freiwillig mit ihm an diesem Tisch. Fink und Anna bei einem Glas Wein, während er in Panik über den Markt gelaufen ist und sie gesucht hat, während sein Herz fast stillstand, weil er sie in Gedanken schon tot sah. Anna.

Ohne ein Wort war sie mit Fink gegangen, ohne eine Erklärung hatte sie ihre Hand aus seiner genommen. Sie war einfach verschwunden. Wie ein Schlag in die Magengrube ist es, sie so mit Fink zu sehen. Diese Unbeschwertheit, diese Leichtigkeit in ihrem Gesicht, alles, wovon er gedacht hat, es sei nur für ihn bestimmt. Ihr Lächeln, diese reizende Frechheit in all ihren Sätzen. Fink scheint es zu genießen, die Unterhaltung gefällt ihm, fast strahlt er, dieser Drecksack. Was auch immer er ihr gesagt hat, womit auch immer er sie geködert hat, er hat schon wieder gewonnen. Anna hat sich von Max ab- und ihm zugewandt, sie sitzt mit Konrad Maria Fink zusammen, während für Max Broll die Welt untergeht. *Was für ein großer Scheißdreck*, denkt sich Max. Warum hat er sich um sie gesorgt, warum hat er sich Gedanken um sie gemacht. Anna Fröhlich hat ihn verraten, Anna Fröhlich hat sich mit dem Feind verbunden. Diese Frau, die er noch vor einer Minute leidenschaftlich küssen wollte, er hat keine Ahnung, was sie da tut.

Max bleibt abseits stehen und beobachtet sie. Auch wenn er daran glauben will, dass Anna nur ihre Neugier stillen und mehr Stoff für ihre Geschichte sammeln möchte, da schwirrt auch noch eine andere Variante durch seinen Kopf. Völlig abwegig, aber die Möglichkeit besteht. Anna Fröhlich kennt diesen Mann, der da neben ihr sitzt. Sie hat Fink an Bord dieses Schiffes nicht zum ersten Mal getroffen. Es ist kein Zufall, dass sie hier ist, dass sie Max angesprochen und ihm angeboten hat, bei ihr zu schlafen, dass sie mit Max am Basar in Tunis war. Kein Zufall, dass sie verschwand, kurz nachdem das Messer in seiner Tasche gelandet war. Was, wenn Anna mit Fink unter einer Decke steckt, fragt er sich. Die Eifersucht treibt Max an, jedes weitere Lächeln, das sie Fink schenkt, jedes freundliche Wort, das nicht für ihn bestimmt ist. Es tut weh. Zu groß ist es geworden, zu schwer ist plötzlich alles. Es kann nur noch falsch sein, was er tut. Es kann nur noch schlimmer werden. Deshalb nimmt er das Messer aus seiner Tasche und geht zu dem Tisch. *Augen zu und durch*, flüstert er vor sich hin. *Scheiß drauf*, hört er Baroni sagen.

22

– Was tust du nur, mein Freund?
– Bitte, frag nicht, Baroni.
– Doch, Max. Ich muss. Das schaut gar nicht gut aus, was du da treibst.
– Was mache ich denn?
– Du bedrohst einen Mann mit einem Rasiermesser und zwingst ihn, mit dir auf dein Zimmer zu kommen.
– Er ist ein Mörder.
– Die werden dich noch einsperren.
– Wir sind ja gleich da, nur noch mit dem Lift nach oben und den Gang entlang. Niemand hat es gesehen, alles ist gut, das Schlimmste haben wir hinter uns.
– Wir?
– Ja, wir, Baroni. Ohne dich kann ich das nicht.
– Ich bin gar nicht hier, Max. Ich liege in diesem verdammten Bett und atme durch einen Schlauch. Wie könnte ich dir da helfen?
– Halt die Klappe, Baroni, und reiß dich zusammen.
– Ich sterbe, Max.
– Hör mir jetzt gut zu, Baroni. Du wirst nicht sterben, du wirst jetzt deine Arschbacken zusammenkneifen und zu uns zurückkommen. Was soll ich denn ohne dich in diesem verschissenen Dorf? Außerdem müssen wir noch nach Kuba. Und wir müssen uns den Zombiefilm ansehen, von dem du die ganze Zeit redest. Und wir müssen gemeinsam Akofas Gras ausprobieren, das könnte dir gefallen, mein Freund.
– Klingt nicht schlecht. Das Problem ist nur, dass sie dich höchstwahrscheinlich einsperren werden, wenn das Schiff auf Malta anlegt. Das in deiner Hand ist die Mordwaffe von Tunis. Alles spricht gegen dich, Max.
– Blödsinn. Niemand wird mich einsperren. Wir gehen jetzt alle gemeinsam auf mein Zimmer und bringen das Ganze zu Ende.

– Wenn die scharfe Braut nicht sofort aufhört rumzuschreien, dann ist Feierabend, bevor du die Tür zu deiner Suite aufsperrst. Die netten Touristen da vorne, die uns entgegenkommen, werden eins und eins zusammenzählen.
– Das geht sich aus.
– Knapp, Max, verdammt knapp.
– Siehst du, die Tür ist offen. Alle rein. Und Tür zu. Niemand hat Alarm geschlagen, wir sind jetzt völlig ungestört.
– Was ist das überhaupt für ein Mädchen?
– Das ist Anna.
– Und wer ist Anna?
– Ich weiß, das kommt jetzt etwas plötzlich, Baroni, aber Anna und ich, wir mögen uns.
– Das schaut aber nicht so aus.
– Ich werde diese Frau heiraten, Baroni.
– Das solltest du dir noch mal überlegen, Max. Für mich wirkt das nicht so, als würde sie gut finden, was du machst. Die Frau ist ja völlig aus dem Häuschen, die legt sich richtig ins Zeug für den alten Mann. Der rüstige Pensionist scheint ihr richtig am Herzen zu liegen.
– Sie will nur nicht, dass ich etwas Dummes mache.
– Bist du dir da sicher? Immerhin hat sie sich gerade hervorragend mit ihm unterhalten. Und wenn man ihr zuhört, hat man das Gefühl, es geht ihr mehr um deinen schnuckeligen neuen Mörderfreund hier als um dich.
– Halt die Klappe, Baroni.
– Ich sage ja nur, dass ich vorsichtig wäre an deiner Stelle.
– Wir haben miteinander geschlafen.
– Und?
– Es war wunderschön.

– Ach, Max, du bist so süß. So ein naiver kleiner Träumer. Eine schöne Nacht und du redest von der großen Liebe.
– Das hier ist mehr als ein Strohfeuer.
– Wenn du dir so sicher bist, warum tust du dann nicht, worum sie dich bittet, und lässt den Psychopathen einfach gehen?
– Da kann ich nicht.
– Warum nicht?
– Weil noch jemand sterben wird, wenn er weiterhin frei herumläuft.
– Willst du ihn hier in der Suite einsperren bis zum Nimmerleinstag?
– Wenn es sein muss.
– Lass es gut sein, Max, und komm heim. Ich verspreche dir, dass ich wach sein werde, wenn du da bist.
– Und Fink?
– Mach die Augen zu und lauf weg, Max.
– Aber Anna.
– Sie steht hinter dir. Vorsicht, Max.
– Was meinst du damit, Baroni?
– Gleich ist es zu spät.
– Was denn, um Himmels willen?
– Du sollst dich umdrehen, verdammt noch mal.
– Anna, was machst du da?
– Wehr dich doch, Mensch.
– Anna, bitte nicht.
– Du bist so ein dummer Idiot, Max.

23

Es tut mir leid, mein Engel. Irgendwo weit weg hört er ihre warme Stimme. Sie bedeckt ihn mit Küssen, den Mund auf seiner Haut, liebevoll, Anna. Wie sie sich sorgt, wie sehr es ihr leidtut, ununterbrochen entschuldigt sie sich, streicht mit ihren Fingern über seinen Kopf. *Ich wollte dir nicht wehtun,* sagt sie.

Anna. Ganz nah ist sie, es fühlt sich gut an, sie will ihm nichts Böses. Die Augen aufzumachen birgt keine Gefahr, Max ist in Sicherheit, er spürt es neben dem Hämmern in seinem Kopf. Die Vase, mit der sie ihn niedergestreckt hat, in Scherben liegt sie auf dem Boden. Max erinnert sich. Dass ihm das Messer aus der Hand gefallen ist und dass es dunkel wurde. Anna Fröhlich hat ihn niedergeschlagen, anstatt ihm zu helfen. Sie hat seinen Amoklauf einfach beendet. *Was hätte ich denn sonst tun sollen, Max? Du hättest ihm fast die Gurgel durchgeschnitten.* Anna hatte ununterbrochen auf ihn eingeredet, hatte ihn stoppen wollen, war neben ihm hergelaufen und hatte versucht, ihm das Messer aus der Hand zu nehmen. *Ich wollte nicht, dass du einen Fehler machst, Max. Du hast mich nicht gehört. Du warst völlig außer dir.* Wieder küsst sie ihn. *Es tut mir so leid,* sagt sie. Dann öffnet er seine Augen.

Sie sind allein im Raum. Von Fink keine Spur, nur Anna und Max in einem flauschigen Bett. Und seine Angst, die noch leise gegen ihre Fürsorglichkeit ankämpft, seine Zweifel, sein Entsetzen, an das er sich erinnert, der Moment, in dem sie zuschlug. *Ich wollte doch nur, dass du das Messer fallen lässt, ich bin so erschrocken, Max. Du hast dich nicht mehr bewegt, ich hatte Angst, du wärst tot.* Es klingt echt, was sie sagt, ihr Mitgefühl, ihre Bitten um Verzeihung. Max glaubt ihr. Da ist nichts Böses, er hört es zwischen ihren Worten. Sie hat nichts mit Fink zu tun, sie versichert ihm, dass sie auf seiner Seite steht. Dass es nur seine Eifersucht war, die ihn das hat glauben lassen. Er hat es nicht ertragen, dass sie mit Fink sprach. Dass Fink ihn wieder an der Nase herumführte, dass Fink nicht nur einen weiteren Mord begangen hatte, sondern dass er sich auch noch einen Spaß daraus machte. Dass er alles tat, um Max wütend zu machen, um das Fass zum Überlaufen zu bringen. Und fast wäre es ihm auch gelungen. Fast hätte Max es getan. Getan, was Fink wollte. Fast hätte er ein Leben beendet. Eigentlich zwei. Das von Fink und auch sein eigenes. Man hätte ihn eingesperrt für die nächsten hundert Jahre. Es wäre das Ende gewesen. Kein Bier mehr mit Baroni auf der Dachterrasse, keine Küsse mehr von der schönen Anna Fröhlich, keine Rindssuppe mehr von Tilda. Nur ein Schnitt in Finks Kehle wäre es gewesen. Ein Fehler, vor dem Anna ihn unsanft bewahrt hat.

Ich wollte doch nur mein Interview, Max. Er hat mich von dir weggezogen am Basar. Er hat mir gesagt, dass er mir zurück am Schiff alles erzählen wird. Unter der Bedingung, dass du nicht dabei bist. Ich wollte nur meine Story, Max. Und ich hatte mein Handy nicht dabei, sonst hätte ich dir natürlich sofort Bescheid gegeben. Anna erklärt es ihm, Max denkt nach und hört zu. Lange schweigt er und lässt sie reden, lässt sie im Ungewissen. Bestraft sie ein bisschen, bevor er ihre Küsse nimmt. *Ich hatte wirklich Angst, dass du ihn umbringst,* sagt sie. Dann umarmt er sie, seine Lippen legen sich glücklich auf ihre, zwei Fremde, die sich wieder vereinen.

Dieses Gefühl, das sie zusammenhält, diese Lust, die Max sein Kopfweh vergessen lässt. Überall sind Küsse und Finger und Zungen und Haut. Wieder fallen sie liebevoll übereinander her, wieder verschwindet Fink irgendwo im Dunkel. Da sind nur Max und Anna und dieses Stück Glück, das sie gefunden haben. Wenn Max könnte, würde er sie einfach einpacken und mit ins Dorf nehmen, er würde auf Malta mit ihr von Bord gehen und zurückfliegen, er würde sich mit ihr im Friedhofswärterhaus verkriechen und Baroni von der Terrasse aus zuwinken. Wenn er könnte, würde er es tun. Doch Anna sagt, dass sie zurückmüsse, zurück in die Redaktion, dass sie noch eine Woche Urlaub habe und diese Geschichte schreiben wolle. Um jeden Preis wolle sie das Interview, sie sei ganz nah dran, sie habe ihn fast so weit, sagt sie. Doch Max weiß, dass Fink nur mit ihr geredet hat, um ihm Angst zu machen. *Ich werde Ihnen alles über mich erzählen*, hat er gesagt, dieser Lügner, er hat sie benutzt, mehr nicht. Keine Story, kein Geständnis. Im Gegenteil, er hat es sogar so weit getrieben, dass sie auf Max eingeschlagen hat. Dieses verdammte Dreckschwein.

Anna und Max nebeneinander. Max legt seinen Finger auf ihren Mund und bittet sie, die Wirklichkeit noch kurz zu verschweigen. Den Abend lang, die Nacht. Er will es nicht kaputtmachen, dieses Gefühl nicht zerstören, indem sie über Fink reden. Max will ihn nicht im Bett haben. Es reicht, dass beide an ihn denken. Während Max von einer gemeinsamen Zukunft träumt, während Anna bereits die Titelseite ihrer Zeitung gestaltet. Fink ist da. Fink geht nicht weg. Und Fink wird weiter töten. Eine Tatsache, die alles kaputtmacht, bevor es überhaupt richtig begonnen hat. Fink überstrahlt alles, er lenkt, manipuliert, er spielt. Das, was zwischen Max und Anna ist, hat keine Chance neben ihm, diese kurzen Momente der Zweisamkeit zerstört er mit seiner Anwesenheit am Schiff. Wie ein Sturm ist er, der immer wieder kommt und alles niederreißt, umwirft, kaputtmacht. Fink. Sie denken an ihn, sie malen sich aus, was als Nächstes kommt, doch sie tappen im Dunkeln. Was passieren wird, wenn das Schiff auf Malta anlegt. Wenn sie sich aus der Umarmung lösen. *Wir werden später weiterreden*, sagt Max. *Später, bitte. Nicht jetzt*, flüstert er. Anna nickt.

24

Wahrscheinlich ist es Fink nicht recht, dass Anna Max niedergeschlagen hat. Wahrscheinlich bedauert er es die ganze Nacht lang. Fink in seinem Bett allein, während Max und Anna umschlungen nebeneinander liegen. Ein einsamer Mensch, unglücklich, verbittert, besessen, auf einem Rachefeldzug, weil das Leben ihn gequält hat. Weil er Pech hatte, weil das Schicksal gnadenlos zu ihm war. Fink. Max denkt an ihn. Immer wieder, wenn er aus dem Schlaf aufschreckt, ist da dieses Gesicht, dieser Hass auf die Menschen. Sosehr Max sich wünscht, dass Fink aus seinem Kopf verschwindet, er bleibt. Diese Fragen, die ihn quälen, woher dieser Mann gekommen ist, warum er gerade auf seinem Dorfplatz aufgetaucht ist, warum es Baroni getroffen hat und nicht einen anderen, warum Fink sich nicht einfach verabschiedet hat, in der Versenkung verschwunden ist, warum er dieses Risiko eingeht.

Immer wieder dieselben Fragen. Dass Anna nichts mit Fink zu tun hat, davon ist er inzwischen überzeugt. Dass Anna Fröhlich ihre Story will, sonst nichts. Bis es hell wird, spinnt Max Theorien und verwirft sie wieder, die abstrusesten Erklärungen tauchen in ihm auf. Mit Gewalt versucht er alles schönzureden, sich eine heile Welt auszudenken, in der er einfach aufwachen und weiterleben kann. Max träumt sogar davon, dass alles nur ein Schauspiel ist, inszeniert von seinem Freund. Eine Kapsel gefüllt mit Theaterblut unter Baronis Hemd, ein Rettungswagen, ein Bett im Krankenhaus, das der Fußballer organisiert hat, Ärzte und Schwestern, die mitspielen, Statisten als Mordopfer und ein grandioser Darsteller in der Rolle des Konrad Maria Fink. Kurz ist es Baroni, der für alles verantwortlich ist, der Max aus seinem eintönigen Alltag reißen will und für ihn Theater spielt.

Max fantasiert, während Anna neben ihm schnarcht, er stellt sich vor, wie sein Freund an die Tür der Suite klopft und alles auflöst. Baroni wollte ihn überraschen zu seinem Geburtstag, er wollte Max das Geschenk seines Lebens machen, ein unvergessliches Abenteuer, eine fröhliche Mörderjagd, inklusive aller Emotionen, eine spektakuläre Reise an die eigenen Grenzen. Max wünscht sich, dass eine Fee kommt und diesen Traum wahr macht, dass Baroni mit dem Drücken auf den Lichtschalter alles beendet. *Du kannst dich wieder entspannen, Max. Das Spiel ist vorbei, mein Freund, komm aus den Federn, jetzt wird gefeiert.*

Irrwitzige Erklärungen und das Brummen der Schiffsmaschinen. Dieses unaufhörliche Vibrieren, Angst und Sorge am offenen Meer. Alles nur ein Traum, völlig harmlos und ungefährlich, niemandem ist wirklich etwas passiert, keiner ist zu Schaden gekommen, alles ist gut. Max verkriecht sich in der Umarmung mit Anna und malt das Zimmer, das im Dunkel liegt, rosarot. Nur sie und er. Dieses Gefühl festhalten. Es nicht hergeben. Max kämpft dafür, er überredet Anna, mit ihm in der Suite zu bleiben, einfach die Augen zuzumachen. Max will Fink nicht mehr sehen, nicht mehr hören, was er sagt, nicht mehr ertragen, was er bereit ist zu tun. Aber Fink ist auf diesem Schiff, er ist kein Traum, er verschwindet nicht einfach so. Fink freut sich schon wieder darauf, weiter zu spielen, Max an den Rand der Verzweiflung zu treiben, er genießt es. Diese Ohnmacht, kurz die Kontrolle abgeben zu können, sich und sein Schicksal in die Hände von Max zu legen. Max hat es in seinen Augen gesehen, als er ihn mit dem Messer bedrohte. Er hat es gehört, obwohl Fink alles still über sich ergehen ließ. Er war klar und deutlich. *Bringen Sie es doch einfach zu Ende. Sie haben es in der Hand, Sie wollen doch nicht, dass noch mehr Menschen sterben. Es liegt an Ihnen. Tun Sie es endlich.* Fink wollte es. Doch Anna kam dazwischen und vereitelte seinen Plan. Sie machte das Licht aus, damit Max wieder sehen konnte. Dann nahm sie ihn in den Arm und ließ ihn nicht mehr los.

Drei Tage lang. Anna bleibt bei ihm, sie tut, worum Max sie bittet, auch sie versucht zu vergessen, was da draußen ist. Ihre Neugier herauszufinden, wie es weitergeht. Anna hält sich zurück, sie bremst sich ein. Dass sie Max geschlagen hat, tut ihr so leid. Was Max ihr von dem Mann in dem Friseursalon in Tunis erzählt hat, macht auch ihr Angst. Max weiß, dass Anna wie eine bunte Wunderkerze auf einer Geburtstagstorte ist. Eine Kerze, die immer wieder angeht, wenn man sie ausbläst. Deshalb weiß er es zu schätzen, dass sie ihm zuliebe darauf verzichtet zu brennen. Mit Fink weiterzureden. Anna lässt sich davon überzeugen, dass Fink ihr wohl niemals mehr erzählen würde, dass er sie nur benutzt hat. Anna bleibt. Und Max liebt sie dafür.

So einfach ist es. Sie sind in der Suite, während sie auf Malta einlaufen, und sehen die Stadt vom Balkon aus. Auch in Messina und in Civitavecchia bleiben sie an Bord, bis zum Ende der Reise verlassen sie ihr Zimmer nicht. Kein Schritt vor die Tür, kein Kontakt zu irgendwelchen Menschen, außer zu den Kellnern. Vierundzwanzig Stunden Room-Service, sie bestellen und genießen, sie trinken, essen, lassen sich gehen. Von Stunde zu Stunde wird alles leichter, sie werden sich vertrauter. Irgendwann sind sie einfach nur noch ein Liebespaar. Nur noch Anna und Max, eingeschlossen im Paradies. Langsam in einem Schiff über das Meer, glückliche Stunden in der Abendsonne, lange Gespräche, ein tiefes Kennenlernen, ein großes Vergnügen. Wie sie miteinander scherzen und sich über die ganze Welt lustig machen. Sie blenden alles aus, was schwierig ist, drei Tage lang gibt es keine Zukunft.

Die Gedanken an Fink werden weniger. Und irgendwann verschwindet er ganz. Schön ist es. Nichts tut weh. Auch die Gedanken an Baroni lässt Max nicht mehr zu. Nur er und sie. Nur das Salz auf ihrer Haut, nachdem sie stundenlang auf dem Balkon gesessen sind. Nur ihr Lächeln, als Max das Salz mit seiner Zunge von ihrem Körper wischt. Leicht ist plötzlich alles. Jeder Moment mit ihr, die ersten Seiten einer Liebesgeschichte, aufregend alles. Bis das Schiff wieder in Genua einläuft. Bis sie von Bord gehen, und noch länger. Die wirkliche Welt verschont sie. Was sie vergessen wollen, ist nicht da. Keine Spur von ihm. Fink ist weg.

25

Ein Morgen voller Umarmungen. Zurück in Genua, vor einer Woche ist Max hier an Bord gegangen, vor einer Woche waren da nur Fink und der Wunsch, ihn festzunageln, Recht zu behalten, Genugtuung für Baroni zu fordern. Jetzt ist da Anna. Sie stehen nebeneinander auf dem Balkon und schauen nach unten, wie Tausende das Schiff verlassen. Ohne Eile sind sie, kurz wollen sie noch auf ihrer Insel bleiben, in ihrem Zimmer, in dem sie sich seit Tagen berühren. Den Alltag noch einen letzten Augenblick lang aufhalten, ihn nicht in ihr Leben lassen. Nicht daran denken, dass sie auseinandergehen müssen, dass es vorbei sein wird, wenn sie das Schiff verlassen.

Abschied ist es, Max weiß es. Sie hat gesagt, dass sie zurückmüsse, dass es keine gemeinsame Zukunft geben könne. Dass ihr Leben irgendwo anders sei, nicht in dem kleinen Dorf am Ende der Welt. Er weiß, dass es nun gleich vorbei sein wird. Dass es sinnlos wäre, sie zu bitten, mit ihm zu kommen. Max umarmt sie. Spürt, wie nahe sie ihm ist. Wie wenige Tage es gebraucht hat, um alle Dämme einzureißen, wie tief sie in ihn eingedrungen ist. Anna. Ihr Mund, den er mit nach Hause nehmen möchte. Er will nie mehr damit aufhören, ihn zu küssen, Max will nicht mit ihr von Bord gehen. Er will mit ihr verschwinden und untertauchen, alles hinter sich lassen. Anna und Max. Ein paar Minuten noch die Morgensonne in ihren Gesichtern. Dann, was kommen musste. Der Abschied.

– Und jetzt?
– Gehst du wieder nach Hause und schaufelst Gräber.
– Das will ich nicht.
– Was dann?
– Wir bleiben hier.
– Die räumen gerade das Schiff, mein Lieber. Schaut nicht gut für uns aus.

– Ich meine Italien. Wir bleiben noch ein bisschen. Du und ich, irgendwo am Strand. Wir verstecken uns einfach. Sagen niemandem, wo wir sind.
– Aber ich muss doch zurück, Max.
– Warum musst du das?
– Die Zeitung.
– Was kann wichtiger sein als das hier, Anna?
– Was meinst du?
– Dieses Gefühl. Wir können jetzt nicht damit aufhören.
– Können wir nicht?
– Nein.
– Und was schlägst du vor?
– Wir fahren nach Florenz.
– Florenz?
– Eine wunderschöne Stadt. Ich war dort, als ich noch studiert habe.
– Du hast studiert?
– Lange her. Ich wollte auch einmal Journalist werden.
– Wolltest du das?
– Ja, aber ich habe mich dagegen entschieden. Mein Vater war krank damals, ich wollte ihn nicht alleinlassen.
– Aber dein Vater ist doch schon vor langem gestorben, oder?
– Ja.
– Warum hast du dann nicht weiterstudiert?
– Weil ich zufrieden bin mit meinem Beruf.
– Totengräber. Das ist doch kein Beruf, Max.
– Du riskierst, dass ich ohne dich nach Florenz fahre.
– Dann tut es mir natürlich schrecklich leid, dass ich deinen großartigen Beruf verunglimpft habe.
– Du wirst schon noch sehen. Irgendwann zeige ich dir meine kleine Welt.
– Deine kleine Welt. Das wird ja spannend. Wahrscheinlich zeigst du mir dann, wie man ein Grab aushebt, oder?

– Genau.

– Du bist ein fauler Hund, Max. Nichts weiter.

– Ich bin nicht faul.

– Bequem und verdammt faul. Aber liebenswert. Sehr sogar.

– Du kommst also mit nach Florenz?

– Ja.

– Und deine Arbeit?

– Ich mach es so wie du, Max. Ich scheiß mal kurz darauf.

Dann küsst sie ihn. Hand in Hand über das Boot. Wie sie den Gang entlanglaufen und mit dem Lift nach unten fahren. Wieder festen Boden unter den Füßen. Kein Blick in die Menge, keine Neugier mehr. Nur Genua am Morgen und wie sie lachend Richtung Bahnhof schlendern. Ein paar hundert Meter, ein kurzes Stück Weg noch, auf dem sie ausblenden, was da sonst noch ist. Sie suchen ihn nicht, er könnte neben ihnen stehen, sie würden ihn nicht sehen. Es ist gleichgültig, was war, sie ignorieren es, vergessen es. Nur die Sonne ist wichtig, die ihnen ins Gesicht scheint. Nichts sonst.

26

Glück ist es. Dass alles noch eine Zeit lang so bleibt. Dass sich ihre Hände halten. Anna und Max kurz vor Florenz, immer noch ist da der Wunsch zusammenzubleiben. Dann dieser Anruf. Von Tilda. Wie aufgeregt sie ist, ihre fröhliche Stimme ist wie ein Geschenk, die wunderschöne Nachricht, dass Baronis Augen wieder aufgegangen sind. Baroni lebt. Er atmet ohne die Hilfe von Maschinen. Er ist wieder da. Max hört es. Wie Regen, dürres Land, das sich vollsaugt. Max schließt seine Augen und flüstert. *Danke,* sagt er. *Willkommen zurück, mein Freund.*

Nach zehn langen Tagen ist der verrückte Fußballer wieder da. Fast ist es so, als hätte er einfach nur lange geschlafen. Man hat ihm Finks Kugel entfernt, man hat seinen Darm zusammengeflickt und gegen eine Sepsis angekämpft, man hat alles getan, um ihn zu retten. Keine Folgeschäden, sagt Tilda und nimmt Max seine Angst. Baroni würde bald wieder der Alte sein, keine Behinderung, kein Sabber aus seinem Mund. *Es ist wie ein Wunder,* sagt Tilda. Normalerweise sei da nach drei bis vier Tagen keine Hoffnung mehr, hat eine Schwester zu ihr gesagt. Doch Baroni ist wieder wach. Schwach zwar, noch nicht in der Lage zu telefonieren, aber er ist bei Bewusstsein.

Tausend Steine sind es, die von Max abfallen. Er wird Baroni wiedersehen. Bis dahin würde sich Tilda um ihn kümmern. Er hört ihre Stimme, während sie im Bahnhof von Florenz einfahren. Max sagt ihr, dass sie sich um ihn keine Sorgen mehr machen müsse. Das Einzige, das ihm noch gefährlich werden könne, sei die Frau, in die er sich auf dem Schiff verliebt habe. Keine Mörderhatz mehr, nur noch Anna und er und wie sie Hand in Hand durch die Bahnhofshalle schlendern. Santa Maria Novella und wie Tilda Max mit mütterlichen Worten sanft auf die Schultern klopft und ihn beglückwünscht. *Bleibt ein paar Tage in Florenz und dann kommt ihr beide hierher. Baroni muss ohnehin erst zu sich kommen. Keine Sorge also, genießt es. Und dann will ich die Frau kennenlernen, die meinen Jungen endlich zur Vernunft gebracht hat.*

Tilda. Wie großartig sie ist. Keine Vorwürfe, dass er sich drei Tage lang nicht gemeldet hat, dass er sein Telefon nicht abgehoben hat. Keine Belehrungen, keine Predigten, keine Fragen zu Fink, sie freut sich einfach darüber, dass Max lebt, dass er nicht mehr in Finks Nähe ist. Dass er bald wieder zuhause sein wird. Nur darum geht es. So als würde sie alles ungeschehen machen, wenn sie nicht darüber redet. Alles, was Max ihr über den deutschen Wanderer in Lederhosen erzählt hat. Was in Tunis passiert ist. Dass Anna verschwunden ist. Tilda fragt nicht nach, sie freut sich einfach nur darüber, dass alles gut ist, dass da keine Sorge mehr in seiner Stimme ist, keine Angst. Ein glücklicher Max, der froh ist, dass er kein Grab für seinen besten Freund schaufeln muss. *Bitte, sag ihm, dass ich bald bei ihm bin. Und dass ich stolz auf ihn bin.* Tilda verspricht es. Schön, dass du in Sicherheit bist, sagt sie noch. Dann legt sie auf. Und Max schreit.

Aus Freude. Ein Juchzen ist es, ein Toben. Er zieht Anna hinter sich her, erzählt ihr, was Tilda gesagt hat, er rennt mit ihr durch enge Gassen, zeigt ihr die Stadt. Das Gepäck haben sie an irgendeiner Rezeption abgegeben. Sie schlendern über den Markt, es riecht nach Essen, nach gutem Leben, mit der wunderbaren Nachricht im Ohr setzen sie sich an einen Tisch an der Straße. *Lass uns feiern*, sagt Max. Nichts könnte in diesem Moment perfekter sein. Alles ist wie im Märchen, die gute Fee hat ihm alle Wünsche erfüllt. Auch der geheimste und unmöglichste ist wahr geworden. Vormittag in Florenz, leicht und unbeschwert am Mercato San Lorenzo. Anna und Max auf weißen Plastikstühlen, und Weißwein in ihren Mündern.

Über zwei Stunden lang ist die Freude über Baronis Erwachen laut. Max und Anna trinken, reden und lachen. Betrunken verschwinden sie in ihrem Hotel und lieben sich. Mit jedem Mal, wenn sie ineinander eintauchen, werden sie sich vertrauter, was sie verbindet, wird stärker. Der Gedanke, dass sie sich irgendwann wieder trennen müssen, rückt weit in die Ferne. Sie genießen es einfach. Das Hier und Jetzt. Italien, Florenz, diese reizende Stadt, all die Orte, die Max ihr zeigt, nachdem sie wieder hinunter auf die Straße gegangen sind. All die Orte, in die sich Max vor fünfzehn Jahren verliebt hat. Die Museen, die herrlichen Plätze, auf denen sie sitzen und nichts tun, außer sich zu spüren. Leichte Gespräche über das Leben, das sie hatten, bevor sie sich trafen. Was sie machen möchten, wovon sie träumen, wie ihre Welt aussieht, dort, wo sie leben. Aus sicherer Distanz lassen sie sich gegenseitig teilhaben am eigenen Leben, das im Hintergrund ungeduldig auf sie wartet. Sie schieben alles von sich weg, was ihr kleines Glück beenden könnte. Sie reden nur kurz darüber, beruhigen ihr Gewissen, sie sprechen über Annas Arbeit, über Baroni, zögern den Moment hinaus, in dem sie die Stopptaste drücken müssen. Unbeschwert in Italien, kurz noch lassen sie sich weiter den Fluss hinuntertreiben, kurz noch sind sie zweisam. Einen Augenblick noch. Bis jetzt.

Die Zigeunerin kommt an den Tisch. Ungefragt drängt sie sich auf, will die Aufmerksamkeit der beiden. Anna und Max sollen zuhören, sie will ihnen die Zukunft voraussagen, vor dem Palazzo Vecchio. Sie lässt sich nicht abwimmeln, freundlich, aber bestimmt nimmt sie Max' Hand. Er kann sich nicht wehren, er müsste sie anbrüllen, um sie loszuwerden. Darauf verzichtet er, sie werden der alten Frau kurz zuhören, ihr Geld geben, und dann werden sie weiterreden. Max fügt sich. Lässt sich die Zukunft voraussagen, sich das Glück prophezeien. Oder das Unheil. Weil das Glück schon viel zu lange dauert. Tagelang nur Umarmungen und Küsse, doch jetzt ist da wieder der Tod. Er kommt aus dem alten rumänischen Mund, ohne Vorwarnung verdunkelt sich der Himmel, aus Unbeschwertheit wird innerhalb von Sekunden Angst. Was diese Frau in der Hand liest. Was sie sagt. Was sie tagelang erfolgreich verdrängt haben. Annas Mund steht offen, sie kann nicht glauben, was sie hört. Max und die Zigeunerin. Sie sagt ihm, wie es weitergeht.

– Ich kann es lesen in deinen Händen.
– Was?
– Was passieren wird.
– Es wird nichts passieren.
– Doch.
– Nimm das Geld hier und geh, bitte.
– Nein.
– Wir möchten uns hier in Ruhe unterhalten, bitte. Sag die Zukunft doch irgendwo anders voraus.
– Ich möchte dich warnen, mein Junge.
– Was willst du denn noch? Sind fünf Euro zu wenig? Verfluchst du mich jetzt? Muss ich dich zum Essen einladen?
– Deine Hand schreit, mein Junge. Etwas sehr sehr Schlimmes wird passieren. Bald schon.
– Lass endlich meine Hand los und verschwinde.
– Du musst mir glauben.
– Was denn, um Himmels willen?
– Er wird sterben.
– Wer?
– Dein bester Freund. Es schaut nicht gut für ihn aus.
– Was redest du da?
– Du trinkst Prosecco mit deiner Freundin, während er auf dem Weg in die Hölle ist.

- Was soll das?
- So ist es. Das Schicksal kannst du nicht aufhalten.
- Fink. Er hat dich zu mir geschickt. Wo ist er? Wo ist dieses verdammte Schwein?
- Ich weiß nicht, wovon du sprichst.
- Du sollst mir sagen, wo er ist.
- Du musst dich beeilen. Sonst ist er tot, bevor du zuhause ankommst.

Max packt sie an den Schultern. Vor allen Leuten schüttelt er sie, er schreit sie an, er will, dass sie still ist. *Dieses verdammte Schwein,* brüllt er und lässt sie wieder los. Finks Stimme, die er wieder hört, die alles kaputtmacht, was schön war. Kalt und ohne Umweg kamen die Worte aus ihr heraus. Wie eine Lawine, die plötzlich alles niederreißt, alles mit Schnee bedeckt, es erstickt. Max kann nicht mehr atmen, dieser Psychopath nimmt ihm die Luft. Schon wieder eine Drohung. Schon wieder soll jemand sterben, wenn Max nicht tut, was er sagt. Nicht in die Richtung rennt, die Fink ihm vorgibt. Keine Küsse mehr, keine Umarmungen. Wieder dreht sich alles nur um ihn. Aus dem Nichts ist er wieder aufgetaucht.

27

Noch schneller. Mit hundertfünfundneunzig Stundenkilometern auf der Autobahn. Irgendwo kurz nach Bologna. Anna sitzt neben ihm, sie bleibt bei ihm, ihre Hand liegt auf seinem Oberschenkel. Mit Vollgas Richtung Norden in einem Alfa Romeo. Es war das schnellste Auto, das sie bekommen konnten, der einzige Weg, Baronis Leben zu retten, vor Fink im Dorf zu sein. Ein Wettrennen. Ein weiteres krankes Spiel, das Fink sich ausgedacht hat. So wie vor sieben Tagen in Barcelona, Molly und Mandy. Da hat Fink nur geblufft. Wahrscheinlich hielt er sich den Bauch, als er sah, wie panisch Max und Anna waren, dass sie alles dafür getan hätten, um den Mord an einer der beiden Frauen zu verhindern. Wie Max nur eine Sekunde daran glauben konnte, dass Fink sie in Ruhe lassen würde. Dass er einfach nur glücklich sein dürfte.

Wie dumm er war. Es musste Fink großen Spaß gemacht haben, die rührende Liebesgeschichte zu beenden, sich die Sache mit der Handleserin auszudenken. Wahrscheinlich hat er tagelang überlegt, was er Max noch antun könnte, wie er seine Aufmerksamkeit wieder bekommen würde. Seit sie das Schiff verlassen hatten, musste Fink sie verfolgt haben, er musste ihnen nachgegangen sein. Wahrscheinlich saß er im selben Zug wie sie, ging in Florenz direkt hinter ihnen und hörte zu, wie Max die Nachricht bekam, dass Baroni noch lebte. Ganz nah musste er gewesen sein, in Hörweite. Dieses Schwein. Sie hatten sich nicht umgedreht, sie wollten es nicht wahrhaben, ihn nicht grunzen hören, ihn nicht mehr in ihrem Leben haben. Keine Leichen mehr, keine Morde. Sie wollten einfach nur verliebt durch Florenz spazieren. Bis vor zwei Stunden war dieser Plan noch gut, jetzt klingt alles nur mehr wie eine rührende Liebesgeschichte, die jemand nicht zu Ende erzählt hat. Alles, was die rumänische Bettlerin gesagt hat, macht ihnen Angst. Baroni wird sterben, Fink wird vor ihnen dort sein, irgendwie wird es ihm gelingen, Baroni auszuschalten. Wie eine Lampe. Weil er es dieses Mal ernst meint. Kein weiterer Bluff, das ist keine Übung mehr. Fink wird ihn töten. Wenn sie nicht vor ihm da sind.

Nebeneinander in Angst. Max und Anna. Auch sie kann nichts sagen, ihm nicht versprechen, dass alles wieder gut wird. Fink hat schon einmal auf Baroni geschossen, und er wird es ohne Zögern wieder tun. Baroni wird sterben, wenn Max nicht schneller fährt, wenn Tilda nicht tut, worum er sie gebeten hat. Kurz nachdem sie in Florenz von ihrem Tisch aufgesprungen und losgelaufen sind. Wieder ihre Stimme.

– Wie geht es euch?
– Nicht gut, Tilda. Fink ist wieder da.
– Bitte nicht, Max.
– Du musst mir jetzt gut zuhören, Tilda. Du wirst mir jetzt einfach glauben, was ich dir sage. Ich bitte dich darum.
– Was ist los, Max?
– Du musst Baroni sofort aus dem Krankenhaus holen. Du musst ihn an einen sicheren Ort bringen, irgendwohin, wo ihn niemand vermutet. Du musst ihn in Sicherheit bringen, Tilda. Schnell.
– Was ist passiert?
– Dieser Wahnsinnige ist auf dem Weg zu euch. Er ist hier plötzlich wieder aufgetaucht und hat uns gedroht. Er wird Baroni töten, wenn wir es nicht verhindern.
– Baroni kann noch nicht entlassen werden, Max. Ohne ärztliche Versorgung wird er nicht überleben.
– Aber er wird auch nicht überleben, wenn er in diesem Krankenhaus bleibt, glaub mir. Fink wird einen Weg finden, zu ihm zu gelangen und ihn zu töten.

– Wenn es stimmt, was du sagst, Max, dann werde ich dafür sorgen, dass die Kollegen ab sofort sein Zimmer überwachen.
– Das bringt nichts, Tilda. Baroni muss da weg.
– Wo bist du?
– Unterwegs. In drei Stunden bin ich da.
– Und Fink?
– Ich habe keine Ahnung, aber ich befürchte, dass er uns um einiges voraus ist. Es könnte sogar sein, dass er schon vor Ort ist. Bitte, fahr ins Krankenhaus, Tilda. Gleich. Und nimm eine Waffe mit. Er ist gefährlich.
– Das geht mir alles zu schnell, Max. Zuerst redest du von der großen Liebe und jetzt soll ich bewaffnet ins Krankenhaus fahren, um zu verhindern, dass Baroni umgebracht wird?
– Ja, das sollst du, Tilda. Jetzt sofort, verdammt noch mal. Du bist die Einzige, die noch helfen kann. Niemand außer uns weiß, dass er der Mörder ist. Er wird in Baronis Zimmer marschieren und ihm ein Kissen auf den Kopf drücken. Dann wird er ungesehen wieder verschwinden. Niemand wird auf die Idee kom men, dass mit ihm etwas nicht stimmt.
– Ich habe keine Ahnung, was hier vor sich geht, Max. Aber ich werde tun, worum du mich bittest.
– Danke, Tilda.
– Dieser ganze Wahnsinn muss jetzt ein Ende haben.
– Das wird es, Tilda. Das wird es.

Max legt auf. Er betet. Dafür, dass es noch nicht zu spät ist, dafür, dass Baroni noch lebt, wenn er und Anna im Krankenhaus ankommen. Lautlos fleht er. Er brettert über die Autobahn, zu schnell vergeht die Zeit. Sie können nichts tun, außer in diesem Wagen zu sitzen, nichts außer Angst zu haben. Außer immer wieder Tildas Nummer zu wählen. Sie immer wieder zu fragen, was vor sich geht, wo sie ist, wie es Baroni geht. Ob er noch lebt, ob ein Beamter vor seiner Tür steht, ob sie Fink schon gesehen hat. Max weiß, dass er irgendwo in Baronis Nähe ist, dass es nicht mehr lange dauern kann, bis er zuschlagen wird. Er weiß es.

Vielleicht hat er einen Arztkittel an, sagt er, *vielleicht kommt er über den Balkon*. Max stellt sich die Szene vor. Was er schon unzählige Male im Fernsehen gesehen hat, der Mörder in der Klinik, dem es gelingt, das Opfer zu töten, obwohl unzählige Polizisten es verhindern wollen.

Anna versucht Max zu beruhigen. Sie muss verhindern, dass er mit dem Alfa von der Autobahn fliegt. Sie will daran glauben, dass Fink sie auch dieses Mal nur vorführen will, doch es gelingt nicht.

Deshalb lügt sie. *Er wird noch da sein, Max, du wirst mir deinen Freund vorstellen, so wie du es gesagt hast. Wir werden einen Schnaps zusammen trinken und auf das Leben anstoßen*. Anna beugt sich zu ihm hinüber und küsst ihn zärtlich auf die Wange. *Wir schaffen das*, flüstert sie. Dann ist es wieder still. Da ist nur noch die Straße. Vorbei an Mantua, vorbei an Verona. Die Gewissheit, dass er zu spät kommen wird, treibt Max an. Dass er Baroni nicht mehr helfen kann. Dass sein Freund im nächsten Augenblick für immer verschwinden wird.

28

Zweiter Stock, Zimmer 19. Max stürmt durch den Gang nach hinten und reißt die Tür auf. Da ist kein Beamter, der ihn davon abhält, da ist niemand, der das Krankenzimmer bewacht. Keine Polizisten, die Baronis Leben verteidigen. Da ist keine Spur von Tilda, nur dieser mächtige Blumenstrauß neben dem Bett, in dem Baroni liegt.

Etwas stimmt nicht, Max kann es riechen. Schon wieder ist es passiert. Fink ist schneller gewesen als er, stärker, mächtiger, mit einem breiten Grinsen hat er die Blumen in diesem Zimmer abgestellt. Laut und bunt will er ihm sagen: *Ich war hier, Max. Und ich kann jederzeit wiederkommen.* Mehr nicht. Fink ist einfach wieder aus dem Zimmer spaziert und verschwunden. Nur die Blumen sind zurückgeblieben. Weiße Lilien. Die Blumen, die auf seinem Friedhof am häufigsten herumstehen. Ein Strauß zum Abschied. *Mit freundlichen Grüßen.*

Max schließt die Zimmertür. Er verbarrikadiert sie mit Stühlen, er zieht die Vorhänge zu, er bittet Anna, ihm zu helfen. Schnell muss es gehen. Schnell, damit nichts passiert. *Baroni, Baroni. Ich bin da. Wir kümmern uns um dich, mein Freund.* Friedlich schläft er. Da ist kein Schlauch mehr, der aus seinem Mund kommt, Baronis Brustkorb hebt und senkt sich von alleine, kein Beatmungsgerät mehr, Baroni lebt. Wie ein Wunder ist es. Max umarmt ihn, so gut es geht. Ohne ihm wehzutun, ohne ihn zu wecken, Max küsst ihn auf die Wange, er streicht ihm über die Haare, er hält Baronis Hand, er drückt sie. Wie schön es ist, ihn zu spüren, zu hören, wie er atmet. Und doch ist immer noch alles so zerbrechlich, Baroni ist nach wie vor in Gefahr, es ist noch nicht vorbei. Nur Max ist da, um ihn zu beschützen. Er und Anna. Tilda hat aus irgendeinem Grund nicht getan, worum Max sie gebeten hat. Sie hat Baroni allein gelassen, anstatt ihn zu beschützen. Unheimlich ist es, die Ruhe, der Alltag im Krankenhaus, die Normalität vor der Zimmertür, die Anna von innen zuhält. *Bitte, lass niemanden hier rein*, sagt Max. Niemand wird das Zimmer betreten. Keiner. Auch nicht die Schwester, die die Klinke nach unten drückt. Aufmachen, sagt sie. Zuerst leise und freundlich, dann laut und ungehalten. *Bitte, Anna*, sagt Max. *Das ist doch nur Schwester Silke*, sagt Baroni.

– Gott sei Dank.
– Warum lässt du denn die Schwester nicht rein, Max? Sie ist eine von den Guten, das kannst du mir glauben.
– Ich bin so froh, dass du lebst.
– Ich auch.
– Du bist in Gefahr, Baroni.
– Bin ich nicht.
– Doch, Baroni.
– Es reicht, Max.
– Was meinst du?
– Ich nehme an, dass das da drüben Anna ist?
– Ja.
– Anna soll die Tür aufmachen.
– Aber Baroni.
– Nicht aber, Max. Ich will, dass die Tür jetzt aufgeht und Schwester Silke die Bettwäsche wechselt.

Max schweigt. Baroni ist klar und deutlich. Was er will, was er nicht will. Max kann nicht widersprechen, Anna nicht aufhalten, nicht verhindern, dass Schwester Silke den Raum betritt, wütend, verärgert, weil jemand ihren Arbeitsalltag durcheinanderbringt. Wie ein Unwetter ist sie, doch Baroni beruhigt sie, er schmeichelt ihr, er bringt Schwester Silke dazu, es zu vergessen, dass zwei Wahnsinnige die Zimmertür blockiert haben. Ohne weiter nachzufragen, tut sie ihre Arbeit und lächelt Baroni an.

Ich hoffe, Sie haben Ihre durchgeknallten Freunde im Griff, sagt sie und schaut drohend in Max' Richtung. Rasch wechselt sie Baronis Bettwäsche. Der Fußballkönig lässt es mit Ruhe über sich ergehen. Anna setzt sich still auf einen Stuhl. Sie sagt nichts, lässt die zwei Freunde reden, sie mischt sich nicht ein. Sie hört nur, was Baroni sagt und was Max antwortet. Was da noch kommt. Wie es weitergeht. Anna staunt.

- Du bist ganz schön durch den Wind, Max. Was ist los mit dir?
- Du fragst mich, was los ist? Ich denke, Tilda hat dir erzählt, was los ist. Du wurdest niedergeschossen. Du bist fast gestorben, du hättest mich beinahe alleine hier zurückgelassen.
- Das würde ich niemals tun, Max.
- Es war verdammt knapp, Baroni.
- Ich weiß. Aber jetzt bin ich ja wieder da.
- Du bist in Gefahr, Baroni.
- Bin ich nicht.
- Doch, verdammt. Da draußen rennt ein Verrückter herum, der dich umbringen will.
- Nein, Max.
- Du verstehst mich nicht, Baroni. Derjenige, der dir die Kugel verpasst hat, wird es wieder tun, sobald er die Gelegenheit dazu bekommt.
- Das ist doch alles Unsinn. Sei bitte kurz still und lass die Schwester ihre Arbeit machen, dann reden wir weiter.

Nur Baronis Grinsen. Wie er die Augen verdreht und den Kopf schüttelt. Nichts deutet darauf hin, dass jemand die österreichische Fußballlegende auslöschen will. Alles ist Alltag. Ein weiterer Tag im Krankenhaus, der zu Ende geht. Abend mit Schwester Silke, Ende der Besuchszeit.

Sie haben noch zehn Minuten, sagt sie, dann verlässt sie den Raum und lässt die beiden mit Baroni allein. Anna ist immer noch still, sitzt nur da und schaut zu, wie zwei alte Freunde sich streiten.

– Ich weiß, dass er es noch einmal versuchen wird, Baroni.
– Nein, das wird er nicht.
– Du hast ja keine Ahnung.
– Doch, Max, ich weiß Bescheid.
– Gar nichts weißt du.
– Doch, ich weiß es zu schätzen, dass du dich so um mich gesorgt hast.
– Was soll das schon wieder heißen?
– Dass du dich so für mich eingesetzt hast, Max. Dafür liebe ich dich.
– Du kapierst es nicht, oder?
– Du musst wieder auf den Teppich kommen, Max, sonst halten dich alle für verrückt.
– Was redest du da?
– Du musst mir jetzt gut zuhören, mein Freund. Es geht mir gut. Niemand will mich umbringen. Keiner kommt einfach hier rein und dreht mir den Strom ab. Kein neuerliches Attentat auf den guten Baroni, keine Sorge, Max. Derjenige, der das getan hat, ist längst über alle Berge. Niemand ist so dumm und taucht freiwillig wieder hier auf.
– Verdammt noch mal, du musst mir glauben, Baroni. Er heißt Fink. Er will dich umbringen. Er wird bald durch diese Tür hereinspazieren und dir ein Kissen auf den Kopf drücken, während du schläfst. Er wird dir Luft in deine Venen spritzen oder dich einfach mit einer Bettpfanne erschlagen.
– Du bist völlig durchgeknallt, Max.
– Er wird hier auftauchen, das schwöre ich dir.

– Er war schon hier.
– Wer?
– Der Mann, von dem du sprichst. Er hat mich besucht und mir diese hübschen Blumen gebracht.
– Ich wusste es.
– Was?
– Dieses Schwein hört nicht auf mit seinen Spielchen.
– Welche Spielchen, Max?
– Du hast keine Ahnung, Baroni, was alles passiert ist, während du geschlafen hast. Fink geht über Leichen.
– Das ist doch alles Unsinn. Das Gras von unserem Pfarrer muss dir ganz schön das Hirn verbrannt haben.
– Und diese Schwester Silke muss dir ganz ordentlich was in deine Infusion gemischt haben, sonst würdest du nicht so einen Schwachsinn reden.
– Fink hat mir über zwei Stunden lang detailreich erzählt, was er für ein langweiliges Leben hat. Und wie sehr du dieses Leben mit deinen Anschuldigungen durcheinandergebracht hast. Der Mann ist harmlos, Max, glaub mir.
– Harmlos?
– Ja, Max. Du redest dir das alles nur ein.

29

Was wahr ist und was nicht. Was alles passiert ist in den letzten zehn Tagen. Wo Max aufhört, wo er anfängt, er weiß es nicht mehr. Was Lüge ist, was Wahrheit. Max redet um sein Leben, aber niemand glaubt ihm. Alle zweifeln, auch die, die er liebt. Alles ist durcheinander, Täuschung, Spiel, alles verschwimmt. Was er gehört hat. Was er gesehen hat. Was er nicht gesehen hat.

Fink an Tildas Tisch. Wie er Suppe löffelt und lächelt. Und Tilda, die ruhig und gelassen danebensitzt. Ein Bild, das Max nicht vergisst. Ein Schlag ins Gesicht, dieser Moment, in dem er begriffen hat, dass sie sich gegen ihn stellt, dass sie aufgehört hat, an ihn zu glauben. Tilda Broll, sie ließ sich einlullen von diesem Monster, sie hat ihn zu sich eingeladen, anstatt ihn einzusperren, sie hat sich bei ihm entschuldigt, anstatt ihn anzuklagen. *Ich weiß auch nicht, was mit dem Jungen los ist. So schlimm war es noch nie.* Max konnte es hören, er stand hinter der Tür. Anna war neben ihm, sie hatten sich von Baroni verabschiedet und sind direkt zu ihr gefahren. *Du musst mit Tilda reden, Max.* Baroni hat ihn gewarnt, er hat ihm gesagt, was auf ihn zu kommen würde, aber Max wollte es nicht glauben.

Benommen fuhr er ins Dorf und wollte in Tildas Küche stürmen, als er sie reden hörte. Wie vom Blitz getroffen blieb er stehen. Er bat Anna, still zu sein, sich nicht zu bewegen. Max wollte weiter zuhören, das Unfassbare aufsaugen. Alles drehte sich, Max konnte nichts tun, nichts sagen. Es tat einfach nur weh. Die Tatsache, dass nicht er und Anna an Tildas Tisch saßen, sondern Fink. Der reizende Urlauber aus Wuppertal, der niemandem etwas zuleide tun konnte. Das Unschuldslamm, das Max seit dem Anschlag auf Baroni zur Schlachtbank führen wollte. Konrad Maria Fink, der aufstrebende Pianist, dem das Leben so grausam mitgespielt hatte. Max hatte ihn verfolgt, ihn belästigt, ihn des mehrfachen Mordes beschuldigt. Ein Wahnsinniger, der nicht mit dem Unfall seines Freundes fertigwurde, der Totengräber aus dem Dorf in den Bergen, dem die Sicherungen durchgebrannt sind. Fink ließ keine Zweifel offen, dass es an Max lag und nicht an ihm. Er überzeugte Tilda davon, dass mit ihrem Sohn etwas nicht stimmte, dass Drogen im Spiel sein mussten und dass es wohl am besten wäre, Max behandeln zu lassen. Ihn in Sicherheit zu bringen. Ihm zu helfen, sich selbst zu schützen. Sich und alle anderen.

Fink log und Tilda glaubte ihm. So einfach war es, so schnell konnte es gehen. Lautlos wuchsen hinter der Tür auch Annas Zweifel. Max spürte es. Dass sie begann, ihn mit anderen Augen zu sehen. Dass ihre Angst, sich in ihm geirrt zu haben, von Minute zu Minute größer wurde. Mit jedem Wort, das Fink sagte, mit jeder von Tildas Fragen und Antworten. Sie war Max' Stiefmutter, sie kannte ihn besser als jeder andere, wenn sogar sie an ihm zweifelte, musste doch etwas dran sein. Anna driftete weg. Die Stimmen, die aus der Küche kamen, sie würden alles kaputt machen.

- Ich bin nur deshalb hier, um Ihnen das alles zu erzählen. Ich mag Ihren Sohn. Ich habe mich mehrmals mit ihm unterhalten. Es wäre wirklich schade, wenn er sich ganz verlieren würde.
- Ja. Das scheint ihn alles völlig aus der Bahn geworfen zu haben. Mehr, als ich mir vorstellen konnte.
- Das verstehe ich. Max und Johann Baroni stehen sich wohl sehr nah, eine große Freundschaft scheint die beiden zu verbinden. Deshalb freue ich mich auch so, dass es Herrn Baroni wieder besser geht.
- Ja, zwischen Max und Baroni passt normalerweise kein Blatt.

– Normalerweise?
– Sie haben mit Baroni ja gesprochen. Auch er zweifelt an dem, was Max sagt.
– Ich bin so froh, dass ich mich auch ihm gegenüber erklären konnte.
– Es ist gut, dass Sie noch einmal hierhergekommen sind.
– Max wollte wohl mit Gewalt einen Schuldigen finden. Vielleicht dachte er, dass sein Freund wieder zurückkommt, wenn er mich ans Kreuz nagelt.
– Wie gesagt, Herr Fink, es tut mir sehr leid. Sie haben wirklich genug mitgemacht.
– Manchmal denke ich, dass es an mir liegt. Ich bin wie das Licht, das die Motten anzieht. Wobei ich natürlich nicht sagen will, dass Ihr Sohn eine Motte ist.
– Max ist ein Idiot.
– Sagen Sie das nicht, er ist einfach impulsiv. Er denkt nicht nach, bevor er handelt.
– Eben.
– Wenn ich sagen würde, dass es meiner Meinung nach das Beste wäre, Max in die Psychiatrie zu bringen, ihn dort untersuchen zu lassen, wären Sie mir dann böse?
– Wie meinen Sie das?
– Ich bin kein Arzt, aber ich bin davon überzeugt, dass es noch schlimmer werden wird, dass noch etwas passieren wird, wenn Sie ihn nicht davor beschützen.
– Was soll das heißen?
– In Tunis wurde ein Mann ermordet.
– Und was hat das mit Max zu tun?
– Einfach im Vorübergehen wurde dem Mann mit einem Rasiermesser die Kehle durchgeschnitten. Das habe ich in der Zeitung gelesen.
– Was wollen Sie mir damit sagen?
– Max kam in Tunis mit einem Rasiermesser zurück an Bord.

– Das beweist gar nichts.
– Er hat mich mit diesem Messer bedroht, er hat es mir an die Kehle gehalten. Wenn seine Freundin nicht gewesen wäre, wäre ich jetzt wohl auch tot.
– Was reden Sie da? So etwas würde Max niemals tun.
– Dann fragen Sie Anna, seine entzückende Freundin. Sie wird es Ihnen bestätigen, sie stand neben uns. Und hat mir dankenswerterweise das Leben gerettet, indem sie Ihren Sohn k. o. geschlagen hat.
– Max würde niemals jemanden töten.
– Sie haben selbst gesagt, dass Sie ihn so noch nie gesehen haben.
– Trotzdem. Das könnte er nicht.
– Ich kann Ihnen nur Folgendes sagen. Es sind zwei Menschen gestorben, und beide Male war Max in unmittelbarer Nähe.
– Hören Sie auf damit.
– Ich sage nur, dass es besser wäre, ihn in Sicherheit zu bringen.
– Bitte, hören Sie auf, solche Sachen anzudeuten. Hören Sie auf, so über ihn zu reden. Max hat niemanden umgebracht. Dafür lege ich meine Hand ins Feuer.
– Ich spüre aber, dass Sie es ihm zutrauen.
– Nein.
– Verschonen Sie Ihre Hand und lassen Sie uns das Richtige tun.
– Max ist mein Sohn.
– Sie kennen Ihren Sohn aber nicht so gut, wie Sie glauben.
– Und was soll ich Ihrer Meinung nach jetzt machen?
– Das ist Ihre Entscheidung, meine Liebe. Sie waren bei der Polizei. Sie wissen, was zu tun ist.
– Es gibt keine Beweise.
– Doch, die gibt es.
– Welche?

– Ich vertraue Ihnen. Und deshalb lege ich das Ganze jetzt in Ihre Hände.
– Was, um Gottes willen?
– Das Messer.
– Welches Messer?
– Die Mordwaffe aus Tunis. Die moderne Kriminaltechnik wird keinen Zweifel daran lassen, dass dieses Messer, mit dem Ihr Sohn mich bedroht hat, dasselbe Messer ist, mit dem der Mann in Tunis umgebracht wurde.
– Das kann doch nicht sein.
– Sie werden seine Fingerabdrücke und das Blut des Opfers darauf finden.
– Lassen Sie mich in Ruhe.
– Ihr Sohn ist ein wandelndes Pulverfass. Sie müssen mir versprechen, dass Sie den jungen Mann aus dem Verkehr ziehen werden.
– Das kann ich nicht.
– Ich kann mit dem Messer auch zur Polizei gehen.
– Das werden Sie nicht tun.
– Dann versprechen Sie es mir. Sie werden den Jungen in die Psychiatrie bringen und dafür sorgen, dass er dort bleibt, bis er wieder klar denken kann.
– Das würde er mir nie verzeihen.
– Sie können es sich aussuchen. Ein Arzt, der ihm helfen kann, oder Gefängnis.
– Ich werde mich darum kümmern.
– Sie werden Ihre Entscheidung nicht bereuen.
– Das tue ich jetzt schon.

30

Max zieht Anna mit sich. Er fleht sie an, mit ihm zu kommen. Leise zu sein, nichts zu sagen. *Du darfst das nicht glauben, Anna.* Max flüstert. Fast lautlos schließt er die Haustüre hinter sich. Anna rennt weg. Verzweifelt versucht er sie zurückzuhalten. *Du hast mich kennengelernt, Anna. Du weißt, dass ich so etwas nicht tun könnte, du warst doch dabei, du hast mit ihm geredet. Du darfst diesem Schwein kein Wort glauben.* Max redet um sein Leben, er will nicht, dass sie ihn allein lässt, dass sie aufhört, ihn zu küssen. Dass sie ihn so fragend ansieht. *Bitte, komm mit in Baronis Wohnung. Lass uns reden, Anna.*

Eigentlich hätte Max wütend sein müssen. Normalerweise hätte er Tildas Küchentür aufstoßen und Fink, dieses verlogene Stück Dreck, an die Wand nageln sollen, aber nichts dergleichen ist passiert. Nur Anna war ihm in diesem Moment wichtig. Er hat Angst, dass es zu Ende ist, dass er Baronis Leben eingetauscht hat gegen den Verlust dieses Gefühls. Diese neue Liebe, die er verlieren könnte auf dem Weg nach oben. Hinauf in Baronis Wohnung, wütend und verzweifelt in das Designerwohnzimmer des Fußballstars. Max hat einen Schlüssel, er sperrt auf. Er bittet Anna, sich zu setzen. Zu bleiben. Nachzudenken.

Lange sitzen sie im Dunkeln und schauen schweigend hinunter auf das Friedhofswärterhaus. Anna und Max im selben Raum, aber getrennt voneinander, Annas Zweifel liegen zwischen ihnen. Ausgeschüttet auf dem weißen Marmorboden Finks Saat. Auch wenn ihr Bauch etwas anderes sagt, in ihrem Kopf rumort es, sie will sich sicher sein, es aus seinem Mund hören, dass alles in Ordnung ist. *Es könnte doch wirklich stimmen*, sagt sie. *Es könnte doch tatsächlich alles so sein. Dass nicht er es ist, sondern du.* Anna denkt nach. Max flüstert. *Ich habe niemanden umgebracht, Anna.* Verzweifelt ist er, weil Anna nicht aufhört.

Sogar deine Mutter glaubt dir nicht, Max. Sogar sie traut es dir zu. Was erwartest du von mir? Max schweigt. Er sagt nichts mehr, starrt nur noch hinunter auf den Friedhof. Er wehrt sich nicht mehr. Weil er nichts tun kann, weil er keine Argumente hat, keine Beweise für seine Unschuld. Nichts mehr hilft. Nur noch Warten. Was sie als Nächstes sagt. Ob sie geht. Oder bleibt. *Ich lüge dich nicht an, Anna. Ich kann dich nur bitten, mir das zu glauben. Ohne dich stehe ich das nicht durch. Bitte, bleib bei mir.* Sie kann es in seinen Augen sehen. Dass sie das Wichtigste für ihn ist, das Einzige, das zählt im Moment. Der Mensch, der ihm Tränen in die Augen treibt. Die Sehnsucht nach ihr, die Angst, dass sie für immer verschwindet. Aus der Tür geht und nie mehr zurückkommt.

Max weint jetzt. Er sitzt da und schaut sie an. Drängt sie nicht, er spürt nur, wie es wehtut. Dass sie sich nicht sicher ist. Dass sie überhaupt an ihm zweifelt, dass sie ihn mit Fragen bestraft, anstatt ihn zu umarmen. Max sehnt sich. So lange, bis sie zu ihm zurückkommt. *Es tut mir leid, dass du weinst*, sagt Anna. Und bleibt. Sie nimmt seine Hand und drückt sie. *Das ist alles sehr verwirrend, Max.* Dann streicht sie mit ihren Fingern über seine Wange. Nimmt ihm die Tränen. *Danke*, sagt Max. *Aber ich komme nicht mit dir in die Psychiatrie*, sagt Anna und lacht.

Von einem Moment zum anderen wieder unbeschwert alles. Sie nimmt der Situation alles Schwere, befreit Max von seiner Angst. *Mein Max kommt in die Klapse*, sagt sie. *Das sind gute Voraussetzungen für eine langfristige Beziehung.* Dann küsst sie ihn. Kein Licht ist an. Niemand soll sehen, dass sich ihre Zungen wieder berühren. Tilda soll noch nicht wissen, dass er sie belauscht hat, dass er weiß, wie sie sich blenden hat lassen, sich mit dem Feind verbündet hat. Noch nicht. Max muss nachdenken, er darf nichts überstürzen, er muss jetzt das Richtige tun. Nicht wüten, nicht um sich schlagen, nicht das tun, was sie sich von ihm erwarten. Max wird ruhig bleiben, er wird kein Wort mehr über Fink verlieren. Nichts mehr behaupten, ihn nicht mehr beschuldigen, ihn nicht angreifen. Max wird so tun, als wäre nichts geschehen. Er wird froh sein, dass Baroni noch lebt. Er wird ihn im Krankenhaus besuchen und ihn in ein paar Tagen wieder nach Hause holen. Er wird mit ihm und Anna auf der Terrasse sitzen und lachen. Und Fink wird verschwinden, sich auflösen. Der Psychopath wird einsehen, dass es vorbei ist. Er wird sich bei Tilda verabschieden und weiterziehen. Max wird ihn einfach ignorieren, er wird alles vergessen, er wird nicht mehr an Fink denken. Er wird mit Anna dort weitermachen, wo sie auf der Piazza Signoria in Florenz aufgehört haben. Sie werden einfach verliebt sein. Nicht nachdenken. Die Zeitung einfach zuschlagen.

Egal, was Fink getan hat, egal, was er noch tun wird, es ist nicht Max' Aufgabe, die Welt zu retten, die Menschheit vor Fink zu schützen. Nur Anna ist wichtig. Anna, Baroni und Tilda. Das Gewitter wird vorbeiziehen, alles wird wieder so sein wie vorher, besser noch. Baroni wird mit seinem Wurstimperium erfolgreich sein. Mit seiner Geschichte füllt er seit Wochen die Zeitungen, die Sensationsberichterstattung über den Mordanschlag wird bestimmt ihre Wirkung tun. Das hungrige Volk hat seinen Fußballstar wieder. Sie sind froh, dass er überlebt hat, sie werden ihn in jede Talkshow einladen. Keine bezahlte Werbekampagne hätte diese Reichweite, sie werden ihm seine Würste aus den Händen reißen. Baroni wird wieder strahlen. Wie die Sonne nach einem sehr langen Winter. Alles wird wieder gut sein, Max hat es in der Hand. Er und Anna.

Auch sie sagt es. Dass es das Beste sei stillzuhalten. So zu tun, als wäre der Sturm vorbei. Auch sie weiß, wozu Fink fähig ist, wie er alle Menschen manipulieren kann, was für ein Teufel hinter dieser charmanten Fassade lauert. Deshalb umarmt sie Max. Deshalb hält sie ihn fest. Die ganze Nacht lang. *Morgen zeigst du mir deine kleine Welt*, flüstert sie, dann schlafen sie ein. In Baronis Schlafzimmer, neben ausgestopften Tieren und vergoldeten Buddhas berühren sie sich, während Fink irgendwo da draußen auf sie wartet.

31

Max fährt ins Krankenhaus, es ist noch nicht hell. Anna hat noch geschlafen, als er aufgestanden ist. *Schau dich einfach mal um, ich bin bald wieder da*, hat er auf einen Zettel geschrieben und ist losgefahren zu Baroni. Endlich richtig mit ihm reden, ihn wieder umarmen, weil es so schön ist, dass er noch lebt. Ihn zum Lachen bringen, seine Hand halten, Max genießt es. Jede Minute mit ihm und das Bewusstsein, dass alles anders hätte kommen können. Dass Baronis Geschichte nicht grinsend in einem schäbigen Krankenzimmer, sondern am Friedhof irgendwo in einem dunklen Grab geendet hätte, das Max für seinen Freund schaufelte. Schön ist es. Nur Vertrautheit, nichts Schweres, keine Mordfantasien von Max, keine Anschuldigungen gegen den Mann, der die Blumen gebracht hat. Max hält sich zurück, er bemüht sich, so normal wie möglich zu wirken. Er beantwortet Baronis Fragen kurz und bündig, er sagt ihm, dass ihn die Sache wohl tatsächlich mehr mitgenommen hatte, als er sich eingestehen wollte.

Max redet nicht länger als nötig über Fink, er will nicht. Noch nicht. Baroni soll zuerst zu Kräften kommen, dann erst würde Max ihm alles erzählen. Erst wenn Fink verschwunden ist, wird er ihn einweihen. Wenn alles nur noch ein böser Traum gewesen sein wird, an den sich Max ein letztes Mal erinnert. Die Wahrheit, auf die Baroni ein Recht hat, Max wird sie ihm nicht vorenthalten, das ist sicher. Doch wie er es mit Anna besprochen hat, an diesem Morgen soll Fink kein Thema sein. Nur Baroni ist wichtig, die Freundschaft, die Gedanken über die Zukunft, die Eröffnung des Würstelstandes, die zu einem Ende kommen muss, Träume von riesigen Umsätzen, Expansionspläne, die Aussicht auf ein gemeinsames Feierabendbier auf Max' Terrasse.

Wie ein Geschenk ist alles. Über zwei Stunden sitzt Max an Baronis Bett und ist einfach nur sein Freund. Dann schläft Baroni wieder ein und Max fährt zurück ins Dorf. Er will Tilda treffen, er will wissen, wie sie reagiert, was sie vorhat, wie lange der Psychopath noch in ihrer Küche gesessen ist, wohin er sich verkrochen hat. Max will wissen, was vor sich geht, von wo der Wind weht, ob es stürmisch werden würde oder nicht. Fink ist alles zuzutrauen, Max rechnet mit dem Schlimmsten, es ist nicht abzusehen, was passiert, ob der Plan aufgehen wird, Fink einfach zu ignorieren. Einfach so zu tun, als wäre alles gut und nichts passiert. Keine Furcht zeigen, keine Angst mehr haben, zwischen den Gräbern nach dem Rechten sehen. Das ist es, was Max vorhat. Fast so wie immer ist es. Alltag auf seinem Friedhof.

Der Totengräber aus der Nachbargemeinde, der Max während seiner spontanen Kreuzfahrt vertreten hat, drückt ihm am Parkplatz des Krankenhauses mit einem Grinsen die Schaufel in die Hand. *Was für ein Segen*, sagt er und entbindet sich selbst von seinen Pflichten. Zehn Tage war nichts zu tun, keine Beerdigung, kein Grab, das ausgehoben werden musste. Bis heute. *Max, du kommst genau rechtzeitig, quasi im letzten Moment*, sagt er. *So wie mich heute mein Kreuz plagt, hätten sie die Beerdigung am Nachmittag wohl verschieben müssen.* Max bedankt sich. Er klopft seinem Kollegen auf die Schulter und fährt los. Es ist ihm recht, dass etwas zu tun ist, dass er eine Aufgabe hat, die ihn ablenkt. In wenigen Stunden wird der Dorfchronist bestattet.

Max freut sich darauf, wieder zu schwitzen, in die Tiefe zu graben, etwas zu tun, das ihm Sicherheit gibt. Zwei Meter zwanzig Tiefe. Schaufel für Schaufel fliegt die Erde nach oben. Max verliert keine Zeit, er schaut weder nach, ob Anna wach ist, ob sie noch da ist, wo sie sich herumtreibt, noch geht er zu Tilda, um mit ihr zu reden. Max marschiert direkt zum Friedhof und öffnet das Grabfeld, Nummer neununddreißig in Reihe sieben. Händisch, keine Bagger. Nur die Schaufel und Max, die Schalbretter, die er befestigt, damit die Erde nicht einstürzt, und seine Gedanken, die stillstehen. Kurz vor Mittag ist es. Ganz langsam verschwindet Max unter der Erde. Der Totengräber mit dem nackten Oberkörper, der nichts mehr wissen will, nur noch schaufeln, unten ankommen und sich hinlegen. So wie er es immer tut, wenn ein Grab fertig ausgehoben ist. Probeliegen, sagt er dazu. Ruhe finden an einem Ort, an den außer ihm kein Mensch je lebend hinkommt.

Ganz still ist es. Max liegt da, ohne sich zu rühren, und schaut nach oben den Grabwänden entlang in den blauen Himmel. Immer wieder fliegen Vögel in das Bild, sonst ist da nichts, kein Geräusch, nur eine Ahnung davon, wie es sein muss, wenn es aus ist. Wenn alle Lichter für immer ausgehen. Tief unten im Dunkel. Hier gibt es kein Zurück mehr, eine knappe Tonne Erde ist es, die alles begräbt. Tot sein. Kurz nur. Max versteckt sich vor der Welt.

Doch die Welt findet ihn. Ihr Gesicht, das plötzlich oben auftaucht, und ihre Stimme, die Max sagt, dass es fast vorbei ist. Statt eines Orkans ist da nur ein leichter Nieselregen. Was Max erwartet hat, nichts davon tritt ein. So als wäre es das Selbstverständlichste auf der Welt, stellt Tilda eine Leiter in das Grab und klettert zu ihm hinunter. Das Gespräch, dem Max aus dem Weg gehen wollte.

- Tilda, was um Himmels willen tust du hier?
- Mach Platz, mein Lieber. Ich muss mit dir reden.
- Ich weiß.

– Rutsch ein Stück.
– Ich bin gleich fertig, dann komm ich rauf zu dir und wir reden über alles.
– Wir bleiben hier, Max.
– Das hier ist ein Grab, Tilda.
– Hier sind wir ungestört.
– Bitte, geh jetzt, Tilda. Hier hat außer mir niemand was verloren.
– Ich erinnere mich daran, dass du Hanni hier unten zum ersten Mal geküsst hast.
– Soll ich dich jetzt auch küssen, oder was?
– Du sollst mir zuhören, Max.
– Ich weiß, was du von mir willst.
– Das weißt du nicht.
– Doch. Du denkst, ich habe den Verstand verloren. Du vertraust mir nicht mehr. Du hast dich entschieden, diesem Verrückten zu glauben, nicht mir.
– Ich vertraue dir, Max. Und deshalb wirst du mir jetzt, bitte, gut zuhören. Anna war bei mir. Eine zauberhafte Frau, die du da kennengelernt hast.
– Anna war bei dir?
– Sie hat mir bestätigt, was ich ohnehin schon vermutet hatte.
– Was?
– Ich zweifle nicht an dem, was du sagst. Ich bin ebenso wie du davon überzeugt, dass mit Fink etwas nicht stimmt.
– Warum kochst du dann für ihn?
– Ich habe ihn eingeladen, in meinem Gästezimmer zu schlafen.
– Du hast was?
– Ich möchte wissen, was er vorhat, ihn unter Kontrolle haben. Ich möchte, dass er mir vertraut, dass er glaubt, ich hätte mich gegen dich gestellt. Fink soll bekommen, was er will.

– Bist du verrückt geworden, Tilda? Der Mann ist gefährlich, er hat mehr oder weniger vor meinen Augen Leute umgebracht. Baroni wäre fast gestorben. Wir sind alle in Gefahr, solange er hier ist.
– Wir haben keine Beweise, Max. Gar nichts. Fink ist ein freier und unbescholtener Mann, wir können nichts tun, außer darauf zu warten, dass er einen Fehler macht.
– Du wirst jetzt zurück in deine Wohnung gehen, Tilda, und dieses Arschloch aus unserem Haus werfen.
– Nein, das werde ich nicht.
– Wenn du es nicht tust, werde ich es machen.
– Jetzt überleg doch mal, Max. Alles spricht dafür, dass wir in Sicherheit sind. Dass er noch einmal aufgetaucht ist, dass er zu Baroni ins Krankenhaus gegangen ist, dass er zu mir gekommen ist und diese Horrorgeschichten erzählt hat. Alles sagt mir, dass er uns lediglich zeigen will, dass er es ist, der Regie führt. Wie du schon einmal gesagt hast, wenn er dich oder Anna hätte töten wollen, dann hätte er es längst schon getan.
– Und was ist mit dir? Was ist mit Baroni?
– Vor Baronis Tür sitzt ein Beamter. Und ich war bei der Kripo, Max, ich kann selbst auf mich aufpassen.
– Kannst du nicht. Ich werde endgültig dafür sorgen, dass er damit aufhört.
– Du wirst gar nichts tun, Max.
– Du hast wirklich keine Ahnung, mit wem du es da zu tun hast, Tilda.
– Anna hat mir alles erzählt. Die Geschichte mit dem Hund, mit seinen Fingern, die Jugendlichen, die ihn fast totgeschlagen haben. Ich weiß, was du weißt, Max, und ich habe gestern Nacht lange mit ihm geredet. Ich habe mir ein gutes Bild von ihm machen können.
– Er muss verschwinden, Tilda.

– Du provozierst ihn nur, Max. Alles, was du tust, macht es noch schlimmer.
– Ich bin hier nicht derjenige, der Menschen umbringt, Tilda.
– Nein, das bist du nicht.
– Aber du hast daran gezweifelt, einen Moment lang hast du es für möglich gehalten, ich habe es in deiner Stimme gehört gestern. Kurz hast du es ihm geglaubt, Tilda.
– Unsinn.
– Doch, und ich kann es dir gar nicht übelnehmen. Es schaut tatsächlich alles so aus, als wäre ich der Psychopath. Er hat sich das sehr schön ausgedacht. Sogar die Mordwaffe mit meinen Fingerabdrücken hat er dir mitgebracht.
– Du hast uns belauscht?
– Ja, das habe ich.
– Ich weiß, dass du nie jemanden umbringen könntest.
– Es ist, wie Fink gesagt hat, Tilda. Sich in dieser Sache sicher zu sein, wäre ein Fehler. Jeder kann zum Mörder werden. Ganz einfach geht das. Nur die Bedingungen müssen stimmen. Und ich denke, die stimmen in unserem konkreten Fall.
– Du hörst jetzt sofort auf damit, Max. Fink wird keine Ruhe geben, bis er hat, was er will. Deshalb wirst du dich jetzt waschen, anziehen und anschließend mit mir in die Psychiatrie fahren.
– Bist du noch ganz dicht?
– Ich sagte doch, Max. Er soll bekommen, was er will.
– Willst du mich jetzt einweisen lassen, oder was?
– Ich will, dass er gewinnt. Dass er gewinnt und geht.
– Nein.
– Und wenn er weg ist, kommst du wieder heraus und alles ist gut.

– Ich habe nichts falsch gemacht, Tilda. Ich bin nicht verrückt, alles, was ich gesagt habe, ist die Wahrheit.
– Der Chefarzt auf der Psychiatrie ist ein alter Freund von mir. Er wird dich aufnehmen. Das ist das Einzige, was wir tun können. Fink muss bekommen, was er will. Sonst wird er so lange hier bleiben, bis wieder etwas passiert.
– Genau das ist der Punkt, Tilda. Wenn ich ihn nicht aufhalte, wird er weiter töten.
– Das hier ist kein Film, Max, und du bist kein Superheld, der sich mit dem Bösen anlegt. Das hier ist die Wirklichkeit. Niemand übt hier Selbstjustiz, verstehst du?
– Doch, Tilda. Und weißt du auch, warum?
– Nein, das weiß ich nicht.
– Weil es das Einzige ist, was hilft.

32

Bevor er ihn töten wird, geht er nach oben zu Anna. Sie steht auf der Terrasse und winkt, als Tilda und Max aus dem Grab klettern. Wie selbstverständlich hebt sie ihre Hand und lächelt. Anna hat die Wohnung von Max erobert, während er gegraben hat. Sie hat seine Welt entdeckt, sein Reich im ersten Stock des Friedhofswärterhauses, sein kleines Paradies, aus dem ihn nichts vertreiben wird, niemals. Max wird bleiben. Er wird zu Anna hinaufgehen, sie umarmen, mit ihr den Nachmittag verbringen. Sie werden von der Terrasse aus zusehen, wie der Dorfchronist in dem frisch geschaufelten Grab verschwindet. Und wenn es dunkel wird, werden sie gemeinsam in die Sauna gehen. Nur er und sie und das Wasser auf dem Ofen. Entspannung statt Flucht, Gelassenheit statt Kapitulation.

Stunden später der Schweiß auf der Haut. Anna vertraut ihm, geht mit ihm, sie bleibt. Sosehr sie Tildas Idee auch mochte, sie fand die von Max besser. Zusammenbleiben, nicht davonlaufen, dem Psychopathen in den Arsch treten. Die Sauna ist der beste Platz auf der Welt, um darüber nachzudenken, was zu tun ist. Neunzig Grad, das Holz im Ofen, und das Glück, das sich trotz allem seinen Weg bahnt. Egal, was kommt, egal, wie dunkel der Himmel noch werden wird. Sie sind zusammen.

– Weißt du, was ich so an dir mag, Max?
– Sag es mir.
– Du bist wie ein Welpe.
– Wie bitte?
– Ein junger Hund. Du warst noch nicht in der Hundeschule, bist noch nicht gezähmt, du tust, was du willst, Max. Und deshalb mag ich dich.
– Tilda sagt, das ist eine meiner weniger guten Eigenschaften.
– Am Ende ist man immer klüger.

– Was meinst du?
– Es kann so oder so in die Hose gehen. Niemand weiß vorher, was richtig ist und was falsch. Wir haben es hier mit einem Psychopathen zu tun, Fink ist unberechenbar, wir wissen nicht, was er tun wird. Was passieren würde, wenn wir dich in der Psychiatrie in ein Bett legen. Ob er dann zufrieden wäre. Warum er riskiert, gefasst zu werden, sich an den Tisch einer Kriminalbeamtin setzt. Fink ist wie eine Wundertüte. Man weiß nicht, was drin ist.
– Wuff.
– Süßer kleiner schwitzender Welpe.
– Du könntest deine Story über ihn vielleicht doch schreiben, Anna.
– Wie denn? Niemand druckt einen Haufen von Vermutungen ab. Es gibt keinen einzigen Beweis dafür, dass er es war.
– Vielleicht bekommst du ja doch noch dein Geständnis. Stell dir das mal vor. Interview mit einem Mörder. Von Anna Fröhlich.
– Klingt gut. Aber ich denke nicht, dass unser Freund da mitspielen wird.
– Das wird er, Anna. Damit wirst du richtig groß rauskommen.
– Das meinte ich damit.
– Was?
– Du kennst keine Grenzen, Max. Wo jemand anderer Stopp sagt, gehst du weiter. Du bist ein Träumer, Max.
– Ist das gut oder schlecht?
– Gut.
– Na dann, spitz schon mal deine Finger.
– Willst du ihn foltern, du verrückter Kerl?
– Das könnten wir machen.
– Hast du keine Angst?
– Wovor?

– Dass er noch jemanden umbringt.
– Das wird er nicht tun.
– Warum nicht?
– Weil er hier bleiben will, in meiner Nähe. Und das kann er nur, solange er sich ruhig verhält.
– Solange er niemanden tötet, meinst du.
– Genau. Fink wird hier keinen mehr umbringen. Und es auch nicht versuchen. Das wären dann nämlich zwei Attentate in diesem kleinen Dorf, und rein zufällig wäre Fink bei beiden vor Ort. Niemand mehr würde dann an seine Unschuld glauben. Wir müssen uns also keine Sorgen um ihn machen.
– Sicher?
– Sicher. Es wird nichts passieren. Fink macht nur Urlaub hier. Meine Mutter war so freundlich, ihn einzuladen.
– Reizend.
– So wie du.
– Das ist schmeichelhaft, vielen Dank. Ich muss jetzt aber trotzdem hier raus.
– Ein bisschen noch, komm schon.
– Wenn du nicht willst, dass ich die nächste Leiche bin, die deinen Weg pflastert, dann bringst du mich jetzt wieder nach oben ins Bettchen.
– Ins Bettchen?
– Genau.
– Schon wieder?
– Kann unser Max Broll nicht mehr?
– Einmal geht bestimmt noch.
– Na dann.

Max grinst. Er liebt es, wie sie ist. So frei, so direkt und ohne Schminke. Was sie denkt, sagt sie. Anna ist wie klares Wasser, das er trinkt. Schnell, gierig, keine Sekunde länger will er in seiner geliebten Sauna bleiben. *Komm, meine Göttin*, sagt er und will die Tür aufstoßen. Doch die Tür geht nicht auf. Egal, wie fest er drückt, sie bleibt geschlossen. Irgendetwas klemmt, keinen Zentimeter rührt sie sich. Auch nicht mit Gewalt kann er sie öffnen. Mit seinem Körper stemmt er sich dagegen, doch nichts passiert, die Polarfichte gibt nicht nach. Die Scharniere und das Schloss, alles, was er mit seinen eigenen Händen, mit Liebe, Geduld und Sorgfalt montiert hat, es hält. Die Tür geht nicht auf und der Ofen heizt. Plötzlich ist da kein Ausgang mehr, kein Kuss mehr in Sicht, nur Panik, die schon wieder aufsteigt. Weil der Ofen von draußen beheizt wird. Weil offenbar jemand Holz nachgelegt hat, weil sich der Thermometerzeiger langsam immer weiter bewegt. Weil sie wehrlos sind und nackt.

Anna und Max. Eingesperrt in der Friedhofssauna. Anna wird von Minute zu Minute panischer, ihr Kreislauf droht zusammenzubrechen, sie hat Angst. Max versucht verzweifelt, einen Weg zu finden, die Tür zu öffnen. Er schlägt mit den Fäusten auf das Holz ein. Er schreit. Weil er es nicht wahrhaben will. Dass es wirklich passiert. Dass Fink es schon wieder wagt. Dass es vielleicht nur ein Brett war, das er zwischen Sauna und Vorraumtür eingeklemmt hat, nur ein paar Stücke Holz, die Fink in den Ofen geworfen hat. Niemand hat ihn gesehen, keine Fingerabdrücke, jeder könnte es gewesen sein. Niemand hört Max schreien, keiner außer ihm kommt um diese Jahreszeit in die Sauna. Niemand vermutet, dass Max Hilfe braucht, dass er sich nichts mehr wünscht, als dass jemand diese verdammte Tür aufmacht. Aber niemand ist da. Nur er und Anna. Er sagt ihr, dass sie sich auf den Boden legen soll, die Hitze steigt nach oben, ganz unten kann man sie noch aushalten. Kurz noch, Max weiß aber nicht, wie lange. Was für ihn noch erträglich ist, ist für Anna bereits die Hölle. Fast hundert Grad sind es jetzt. Und die Temperatur steigt weiter.

Fünf Minuten lang, zehn. Anna presst ihr Gesicht auf den Boden, sie weint und flüstert. Ganz leise nur, weil sie kaum noch Luft bekommt. *Bitte, bring mich hier raus, Max.* Nur ein Wimmern, ein letztes Flehen, bevor sie das Bewusstsein verliert. *Bitte, Max.* Und wie er sich zum hundertsten Mal gegen die Tür wirft. Wie er um Hilfe schreit. *Tilda. Baroni. Holt uns hier raus. Fink, du verdammtes Schwein.* Doch nichts. Kein Laut von draußen. Es klingt, als wäre da niemand mehr. Nur noch das Holz im Ofen und das Fenster, auf das Max damals verzichtet hat. Wie sehr er es in diesem Moment bereut, dass er es nicht eingebaut hat. *Wozu ein Fenster, wenn da eine Tür ist?* Er stellt es sich vor, wie er das Glas einschlagen würde. Wie er hinausklettern, die Tür von außen öffnen und Anna retten würde. Die Frau, die er gerade erst kennengelernt hat, die Frau, die er ins Verderben gestürzt hat. Hundertunddrei Grad. Über fünfzehn Minuten lang. Zu lang.

Anna flüstert nicht mehr. Sie liegt nur noch da und schaut. Atmet schwer. Die Holzbalken geben nicht nach. Da ist kein Schlitz zwischen Tür und Fußboden, alles ist dicht, Max hat Wert darauf gelegt, dass die Wärme nicht entweichen kann. Keine frische Luft mehr. Nichts mehr passiert. Max tut das Einzige, das er noch tun kann. Er legt sich zu ihr auf den Boden. Ganz nah sind sie sich. Ihr Gesicht und seines. Wortlos beide. Sie schauen sich an, liegen da. Nur ihre Augen, die sich bewegen. Auf Wiedersehen sagen. *Es war schön mit dir*, sagt sie. *Mit dir auch*, sagt er.

33

Ohne Akofa wären sie jetzt tot. Er hat den Rauch gesehen, der aufstieg. Er stürmte aus Freude, Max wiederzusehen, splitterfasernackt in den Garten, um ihn mit einer ordentlichen Ladung Gras zu begrüßen. Erntedank 2.0 in der Sauna. Davon hat Akofa geträumt. Mit Max zu schwitzen und die reinigende Kraft der Natur zu spüren. Was er dann sah, hatte er nicht erwartet. Die Schaufel, die die Saunatür blockierte, Anna und Max am Boden, die ungeheure Hitze, die ihm entgegenschlug. Akofa verstand es zuerst nicht. Er dachte, es wäre ein Ritual, ein geheimer Liebesakt, etwas Spezielles, Lustbringendes. Deshalb stand er in der geöffneten Tür und starrte nur. Zehn Sekunden lang. Dann reagierte er blitzschnell. Weil sie sich nicht bewegten, weil sie nichts sagten. Akofa zog Anna und Max aus der Sauna und kühlte sie mit Wasser ab. Gab ihnen zu trinken. Brachte sie langsam und behutsam wieder zurück.

Nackt. Mit einem Handtuch umwickelt. Sie leben. Doch Max ist wütend. Mehr als das. Er bebt, brennt, er kann es nicht fassen, dass Fink wirklich so weit gegangen ist. Dass Anna Todesangst hatte und dass er nichts dagegen tun konnte. Wie ohnmächtig er war. Er konnte ihr nicht helfen, wehrlos wie ein Kind war er Fink ausgeliefert. Max hasst ihn dafür, während er Anna den Rücken streichelt und versucht, Akofa zu beruhigen. Ihm weiszumachen, er hätte keine Ahnung, wer die Tür versperrt haben könnte. Max will nicht darüber reden, Akofa nicht erklären müssen, dass in Tildas Wohnung ein Mörder sitzt, der vor wenigen Minuten beinahe wieder zugeschlagen hätte. Fünf Minuten lang sitzen sie nur da und sind froh, dass sie atmen. Dass sie erleben dürfen, wie sich der Dorfpfarrer eine Haschischzigarette dreht und sie genüsslich ansteckt. *Wir danken Gott, dem Herrn,* sagt er und inhaliert lange und tief.

Abend ist es im Dorf, alles scheint friedlich. Auf der anderen Seite der Friedhofsmauer leuchten hunderte Kerzen, die Toten liegen da wie immer. Dass Anna und Max sich nicht zu ihnen gesellen müssen, grenzt an ein Wunder. Max ist überzeugt davon, dass es nichts mit Gott zu tun hat, aber er widerspricht Akofa nicht. Fink wollte sie töten und der Pfarrer hat sie gerettet, so einfach ist es.

Schicksal war es vielleicht, aber keine Gottesgnade. Wenn es Gott nämlich geben würde, hätte er getan, was Max jetzt tun muss. Fink aufhalten, verhindern, dass er weitermordet. Denn auch wenn er einfach gehen und sie in Ruhe lassen würde, Fink würde es an einem anderen Ort wieder tun. Wieder und wieder. Und er würde davonkommen damit. Es würde ihm nicht noch einmal passieren, sich dabei beobachten zu lassen, er würde töten und weiterreisen, von Ort zu Ort. Sinnlose Rache für ein verpatztes Leben. Irrsinn, der sich in ihm breitgemacht hat, ein Rausch, der nicht aufhört. Nicht von allein. Nicht, wenn Max sich still verhält und so tut, als wäre nichts passiert.

Eine Minute lang hat Fink noch Zeit zu verschwinden. So lange wird Max brauchen, bis er bei ihm ist, bis er Tildas Wohnung betritt und ihr Gästezimmer stürmt. Max wird Fink packen und nicht mehr loslassen, er wird ihn niederschlagen und irgendwo festbinden. Er wird dafür sorgen, dass er still ist, dass er seinen Mund nie wieder aufmacht. Einmal noch küsst er Anna, dann geht er. Max lässt Anna bei Akofa zurück und rennt los. Er darf keine Zeit verlieren. *Bitte, pass auf sie auf*, ruft er Akofa noch zu und läuft los. Anna geht es gut, sie ist zäh. Sie macht aus den Dingen kein Drama, ist nicht hysterisch. Anna bringt die Dinge einfach auf den Punkt. *Das war knapp, Max*, hat sie gesagt. Dann hat sie mit ihrem Leben weitergemacht. Sie denkt wieder positiv, verliert sich nicht in ihrer Angst. Eine Frau wie Anna hat er noch nie getroffen. Sie fasziniert ihn, sie kann mit ihm umgehen, nimmt ihn, wie er ist. Lässt ihn einfach sein. *Pass auf dich auf, Max*, schreit sie ihm noch nach. Sie weiß, dass es sinnlos wäre, ihn davon abzuhalten, das zu tun, was er jetzt vorhat. Sie vertraut ihm. Max weiß das. Er ist nicht allein, Anna wird ihm helfen, sie wird bei ihm bleiben. Egal, was kommt.

34

Baronis Luftschutzkeller. Endstation. Es war kinderleicht, Fink saß gerade seelenruhig am Klo, als Max die Badezimmertür aufriss. Ein Mörder mit heruntergelassenen Hosen. Ein älterer Herr, der so aussah, als könnte er nicht einmal eine Ameise zertreten. Fink war wehrlos. Da war keine Waffe, er hatte keine Zeit zu reagieren, Max war schneller. Noch bevor er seine Hose nach oben ziehen konnte, klebte das Packband auf seinem Mund. Max verpasste ihm einen Tritt, Fink fiel von der Kloschüssel und Max setzte sich auf ihn. Fink konnte sich nicht rühren, er konnte es nicht verhindern, dass Max ihn zusammenschnürte wie einen Rollbraten. Arme, Hände, Beine. Fink stöhnte.

Max zerrte ihn aus Tildas Bad. Den Gang entlang, hinaus ins Treppenhaus. Max überlegte, wo er ihn hinbringen sollte, er war unentschlossen, er durfte keine Zeit verlieren. Tilda konnte jeden Moment auftauchen, sie hätte ihn daran gehindert, Fink mitzunehmen. Wahrscheinlich hätte sie ihm wieder ins Gewissen geredet, dass er von dem Psychopathen ablassen und sich endlich einliefern lassen solle. Sie hätte ihm erklärt, dass Gewalt keine Lösung sei, dass er sich strafbar mache. Tilda hätte es nicht verstanden. Deshalb beeilte er sich. Er entschied sich gegen seine Wohnung. Dort hätte sie als Erstes nach ihm gesucht. Max war sich sicher, dass sie Baronis Villa auf den Kopf gestellt hätte, auch seine Jagdhütte hätte sie ins Visier genommen. Jeden Ort, von dem Tilda sich vorstellen hätte können, dass er Fink dort hinbrachte, strich er von seiner Liste, während er ihn nach draußen schleppte. Max fluchte, Fink war schwer, er wehrte sich. Max hob ihn hoch, presste ihn an sich und verlor dabei das Handtuch, das er um seine Hüften gewickelt hatte. *Was für ein Scheißdreck*, sagte er. *Wo soll ich nur hin mit dir?*

Es gab nur eine Möglichkeit. Einen Ort, an dem Tilda nicht suchen würde. Einen Ort, von dem sie gar nicht wusste, dass es ihn gab. Baronis Partykeller, ein Ort des Grauens. So viele Nächte hatten dort fatal geendet. Baroni hatte, weitsichtig, wie er war, seinen Luftschutzbunker in einen Nachtclub umbauen lassen. Tilda war niemals dort gewesen, nur die wenigsten wussten von diesem Raum. Baroni lud nur ausgesuchte Gäste in den privaten Club ein. Dann wurde zwei, drei Tage gefeiert, jenseits von Gut und Böse. Fink würde einen exklusiven Einblick in die Lasterhöhle des ehemaligen Fußballgottes bekommen. Max transportierte ihn ungesehen zu Baronis Garageneinfahrt, er sperrte auf, zerrte Fink den Gang entlang, dann tippte er den Code in das digitale Schloss. Tür auf, Tür zu. In nur zwei Minuten hatte Max Fink von Tildas Klo in Baronis Luftschutzkeller befördert.

Rote Ledersofas, eine imposante Bar mit hunderten Flaschen, eine Tanzfläche, Diskokugeln, der Charme der Achtzigerjahre, Baronis Spielplatz. Hier ist Fink sicher. Hier kann niemand ihn finden, ihn beschützen vor dem, was kommen wird. Max hat ihn einfach dort zurückgelassen, er hat das Licht ausgedreht, die Tür zum Club wieder verschlossen. Fink. Verwahrt wie ein Schatz in einem Tresor. Fink wie ein Stück Fleisch auf einem Haken, das darauf wartet, gegessen zu werden. Nur zwei Menschen können diesen Raum öffnen, nur sie kennen den Code. Max und Baroni. Nur ihre Daumen können das Dreckschwein davor retten zu verdursten. Sonst niemand. Keiner hat Max gesehen. Nur Akofa hätte direkte Sicht auf den Fußweg zwischen dem Friedhofswärterhaus und Baronis Villa gehabt, aber der sitzt immer noch mit Anna im Garten. *Es ist fast vorbei*, flüstert Max vor sich hin. *Ich muss zurück zu Anna. Muss sie halten. Sie beruhigen. Fürs Erste kann nichts mehr passieren.* Er hat Fink weggesperrt, ihn einfach aus dem Verkehr gezogen, ihn gefesselt und geknebelt, auf der Tanzfläche liegen gelassen. Acht Minuten hat es gedauert, die Welt vor dem Dreckschwein in Sicherheit zu bringen. So einfach war es. Nach genau zehn Minuten ist er wieder bei ihr.

Anna lacht, als Max zurückkommt. Als wäre nichts passiert, setzt er sich zu ihnen. Anna und der Pfarrer im Halbdunkel auf der Bank vor der Sauna. Das Holz im Ofen knistert, Anna zieht an Akofas Joint. *Nimm auch einen Zug, Max, das hilft*, sagt sie. Dann umarmt sie ihn. Friedlich ist es im Garten. Fast ist es wieder ein ganz normaler Spätsommerabend. *Ich lasse euch besser allein*, sagt Akofa und grinst. *Danke*, sagt Max, steht auf und klopft dem Pfarrer auf die Schultern. Akofa ist der beste Priester, den diese Kirche je gesehen hat, der erste, mit dem Max Schnaps trinkt, mit dem er sich gerne unterhält. Völlig entspannt und gesegnet schwebt er Richtung Pfarrhaus. *Bis morgen in der Messe*, ruft er noch und verschwindet im Widum, ohne eine Antwort abzuwarten.

- Du bist gläubig, Max? Das hätte ich gar nicht erwartet von dir.
- Der einzige Grund, warum ich mich jemals wieder in eine Kirche hineinverirren konnte, ist dieser nackte Schwarze, der uns gerade das Leben gerettet hat.
- Hast du sein Ding gesehen?
- Was sagst du da?
- Der ist riesig. Ich dachte immer, das sind nur Märchen.
- Du sollst unserem Pfarrer nicht auf sein Gemächt schauen, Anna.
- Das Ding muss heilig sein, so groß ist es.
- Schade, dass er es nur zum Pinkeln verwenden kann.
- Wer weiß? Er scheint ja vieles ganz entspannt zu sehen.
- Stimmt. Auch das mit Fink. Die Tatsache, dass uns jemand fast gegrillt hätte.

– Wir sind immer noch da, Max. Fink kann uns mal.
– Akofas Gras scheint dir gutzutun.
– Ich habe das letzte Mal gekifft, als ich achtzehn war. Aber ich kann mich plötzlich wieder sehr gut daran erinnern.
– Du bist entzückend.
– Wenn du das sagst, Max.
– Ich liebe dich, Anna.
– Wow, große Worte.
– Ich kann nichts dafür, es fühlt sich alles so an.
– Ich weiß, was du meinst, Max.
– Es ist schön mit dir.
– Ja.
– Ich hatte Angst um dich. Ich dachte, du stirbst.
– So schnell sterbe ich nicht, Max. Versprochen.
– Dieses Schwein hätte fast gewonnen.
– Wo ist er?
– Fürs Erste in Sicherheit.
– Er oder wir?
– Wir.
– Ganz sicher?
– Ja.
– Wieso?
– Ich habe Fink an einen sicheren Ort gebracht.
– Na gut. Dann lass uns noch mal da reingehen und besprechen, wie es jetzt weitergeht. Wie wir das Ganze zu Ende bringen.
– Du willst in die Sauna?
– Ja.
– Dein Ernst? Obwohl das passiert ist?
– Ich will nicht den Rest meines Lebens Angst haben, Max. Wir lüften kurz und weiter geht's.
– Du bist verrückt, Anna.
– So wie du, Max.

35

Tilda weiß, dass Max dahintersteckt. Sie kennt ihn. Sie spürt es, wenn er etwas verbirgt, sie liest es in seinem Gesicht. Doch was nützt es? Max sagt ihr nicht, wo Fink ist, warum ihr Gast gestern Abend einfach verschwunden ist, warum er seine Sachen im Gästezimmer zurückgelassen hat. Max schweigt. Kein Wort. Nur gespieltes Bedauern und ironische Sorge. *Hoffentlich ist ihm nichts passiert. So ein reizender Mensch, es wäre ein Jammer, wenn ihm etwas zugestoßen wäre.* Kein Wort darüber, dass Fink seit vierundzwanzig Stunden in Baronis Nachtclub vor sich hin stöhnt. Die ganze Nacht ist Fink weggeblieben, Tilda hat ihn überall gesucht, doch nicht gefunden. Nicht in Max' Wohnung, nicht in Baronis Jagdhütte und auch nicht in dessen Villa. Keine Spur von ihm. Nur eine Tasche mit Klamotten und ein paar belanglosen privaten Dingen. Tilda hat in Finks Zimmer nach irgendetwas gesucht, das ihr weiterhelfen könnte. Einem Beweis für seine Schuld vielleicht, für seine Unschuld, einem Grund, damit aufhören zu können, sich um Max Sorgen zu machen.

Sie sitzen gemeinsam am Frühstückstisch. Tilda, Anna, Max. Vor einer halben Stunde ist sie ins Schlafzimmer gestürmt und hat ihn aufgeweckt. *Wo ist er? Ich mache mir Sorgen, Max. Sag mir, dass du nichts damit zu tun hast.* Tilda war aufgelöst, nur langsam hat sie sich wieder beruhigt. Sie sorgt sich, sie kennt Max, sie weiß, dass er dazu neigt, die ausgebauten Straßen zu verlassen und über verbotene Waldwege zu schleichen. Und sie weiß, dass er wütend ist. Dass er sich kaum noch beherrschen kann. Zu viel ist passiert.

Während Tilda fieberhaft darüber nachdenkt, wie sie die Situation unter Kontrolle bringen kann, erzählt Anna ihr, was am Vorabend in der Sauna passiert ist. Sachlich, ohne Übertreibungen, sie ist Journalistin, keine Träumerin, sie hält sich an die Fakten. *Dein reizender Untermieter wollte uns umbringen*, sagt Max und beißt genussvoll in sein Butterbrot. *Wir können nur hoffen, dass der gute Mann das Weite gesucht hat. Es wäre wohl am besten, wenn er nie wieder hier auftauchen würde.* Max kaut. Anna steht auf und geht zur Toilette. Tilda schüttelt den Kopf. *Das kann nicht gut ausgehen*, sagt sie. *Abwarten*, sagt Max.

– Hör jetzt endlich mit diesem Theater auf und sag mir sofort, wo er ist.
– Ich habe keine Ahnung, wovon du sprichst, Tilda. Ich bin nur froh, dass ich lebe.
– Ich verstehe, dass du wütend bist.
– Ich bin nicht wütend.
– Wenn du dich strafbar machst, kann ich nichts mehr für dich tun. Dann ist es egal, ob ich bei der Polizei war oder nicht. Du wirst dich dafür verantworten müssen.
– Du musst dir keine Sorgen um mich machen, Tilda.
– Ich werde nach all den Jahren jetzt nicht damit aufhören, Max.
– Dann vertrau mir einfach.
– Das ist zu viel verlangt.
– Dir bleibt aber nichts anderes übrig.

Max küsst sie auf die Wange, als Anna wiederkommt. *Ich sehe, ihr habt alles besprochen*, sagt sie. Anna lächelt Tilda an und setzt sich wieder. Sie frühstücken weiter, kein Wort mehr über Fink, nur noch Annas Fragen zum Leben im Dorf. Anna bemüht sich, ein belangloses Gespräch loszutreten, unbeschwerte Sätze über den Alltag im Friedhofswärterhaus, über Tildas Knödelrezept. Ein friedliches Kennenlernen soll es sein. Die neue Frau an Max' Seite schlägt sich tapfer, sie zieht die Fäden am Tisch, charmant sorgt sie dafür, dass alles Böse und Dunkle fernbleibt.

Was passieren wird, ist bereits besprochen. Lange haben sie darüber diskutiert in der Sauna, flüsternd dann im Bett haben sie eine Lösung für ihr Problem gefunden. Was mit Fink geschehen soll. *Mir wird nichts zustoßen,* hat Max immer wieder gesagt. *Glaub mir, ich weiß, was ich tue. Ich werde das schaffen, Anna.* Er hat es ihr versprochen, kurz bevor sie eingeschlafen sind. *Ich werde nicht sterben. Ich nicht.*

Max geht. Sie verabschieden sich, er will noch einmal mit Baroni reden, bevor er es zu Ende bringt. Ihm erzählen, was er vorhat, sich die Erlaubnis holen von seinem Freund, ein Schulterklopfen. Max möchte ihn noch einmal sehen, um zu wissen, warum er das alles tut. Er will noch einmal mit dem Arzt reden, er will hören, wann er Baroni nach Hause holen kann. Er will, dass alles geklärt ist, wenn sein Freund entlassen wird. Eine Stunde noch an seinem Krankenbett, dann wird Max zu Fink gehen. Er wird in Baronis Keller verschwinden und den Mörder von seinen Fesseln befreien. Er wird ihm die frischen Kleider aus Tildas Gästezimmer bringen. Er wird Fink die Möglichkeit geben, sich den Urin von seinen Waden zu waschen. Und er wird ihm zu trinken und zu essen geben. Er wird sich mit Fink an einen Tisch setzen und ein letztes Mal über alles reden. In wenigen Stunden wird alles vorbei sein.

36

Anna wird nicht dabei sein. Sosehr sie es auch möchte, Max besteht darauf, dass sie draußen bleibt. Anna will mit ihm kommen, ihm zur Seite stehen, auf ihn aufpassen, sichergehen, dass ihm nichts passiert. Dass nicht doch etwas schiefgeht. Als er ihr den Revolver zeigt, überkommt sie Angst. Obwohl sie mit dem Plan einverstanden war, versucht sie nun, ihn doch noch zu überreden. Aber Max bleibt eisern, er darf Anna nicht wieder in Gefahr bringen. Fink will ihn und nicht sie. Und Max wird die letzten paar Meter alleine gehen, er wird Fink keine Gelegenheit mehr geben, sie zu bedrohen, damit zu spielen, dass sie miteinander verbunden sind. Keine Angriffsfläche mehr, kein Wort, das er an sie richten wird. Anna steht draußen, als die Kellertür zugeht. Nur ein Kuss bleibt auf ihren Lippen zurück. *Wir sehen uns gleich wieder,* sagt er noch. Dann ist er weg.

Alles ist so, wie Max es sich vorgestellt hat. Fink liegt am Boden, in der Nähe der Tür. Er muss quer durch den Raum gerobbt sein. Er muss gedacht haben, dass jemand ihn hört, wenn er laut genug stöhnt. Doch niemand ist gekommen und hat ihm den Knebel entfernt, eine ganze Nacht lang ist er hier gelegen. Er hat in seine Hose uriniert, Max kann es riechen. Alles ist so, wie es sein soll. Fink hatte Angst, er wusste nicht, was Max mit ihm vorhatte, was passieren würde. Ob jemals wieder jemand kommen würde. Als sich der Schlüssel umdrehte, muss es wie Erlösung für ihn gewesen sein. Egal, was mit ihm passieren wird, er ist jetzt nicht mehr allein, er hat wieder ein Gegenüber, jemanden, an dem er sich hochziehen kann. Max sieht es in seinem Gesicht, die Erleichterung, so etwas wie Hoffnung. Fink sieht Max und einen möglichen Ausweg. Fink ist wieder bereit, alles zu geben, Max sieht es in seinen Augen. Er will wieder spielen.

Spielen. Genau das ist es, was auch Max will. Es ist die einzige Möglichkeit, um ihn auszuschalten und der Welt zu zeigen, wer dieser Mann wirklich ist, was er getan hat. Anna soll ihre Story bekommen, sie wird sein Geständnis aufschreiben, alles, was Fink ihm gleich erzählen wird. Nachdem sich das Dreckschwein gewaschen und umgezogen hat. Max reißt das Klebeband von Finks Haut und zeigt ihm das Badezimmer. Baroni hat auch hier im Keller nicht gespart. Relaxliegen, Whirlpool, Flatscreen. Entspannung für seine Gäste. Auch für Fink. Er soll alle Spuren verwischen, die bestätigen, dass er entführt und gefangen gehalten wurde. Fink soll ordentlich aussehen, er soll Wasser trinken, die Müsliriegel essen, die Max ihm in die Hand drückt. Er soll sich hübsch machen und zu Max an den Tisch setzen, den er mitten auf die Tanzfläche gestellt hat.

Max sagt ihm, was er zu tun hat. Fink gehorcht ohne Gegenwehr. Neugierig ist er, froh, dass Max wieder da ist. Dass er ihn nicht mehr wie ein Stück Dreck behandelt. *Ich weiß zu schätzen, dass Sie das für mich tun.* Max ignoriert ihn. Er tut es nicht für Fink, er tut es für sich. *Ich bin gespannt, was Sie jetzt mit mir vorhaben, Herr Broll.* Max schweigt. Zwei Männer auf Stühlen einander gegenüber, Max öffnet eine Flasche und schenkt aus. Zwei Gläser und Schnaps, der ohne Zögern in den beiden Männern verschwindet. *Wir werden das Drama jetzt und hier beenden,* sagt Max. *Ich lasse mich gerne überraschen,* sagt Fink.

- Nur einer von uns beiden wird von diesem Tisch wieder aufstehen.
- Ich bin äußerst neugierig, was Sie sich jetzt wieder ausgedacht haben.
- Du weißt, was das hier ist, oder?

– Schau, schau. Der ungestüme Herr Broll zieht eine Waffe aus dem Sack. Wollen Sie mich jetzt erschießen, oder was?
– Das wirst du schön selber machen.
– Wieso sollte ich das tun?
– Weil wir jetzt miteinander spielen.
– Nicht das, was ich denke, oder?
– Doch.
– Sind Sie jetzt komplett verrückt geworden? Meine köstliche Idee, Sie einliefern zu lassen, war wohl nicht so ganz verkehrt.
– Fällt dir etwas Besseres ein?
– Hier gepflegt mit Ihnen zu sitzen und einen schönen Schnaps zu trinken, ist in der Tat allemal besser, als durstig im eigenen Saft herumzuliegen.
– In der Trommel steckt eine Kugel. Wir werden so lange spielen, bis es vorbei ist.
– Sie haben eindeutig zu viel ferngesehen.
– Die Waffe ist alt, aber sie funktioniert. Du kannst sie dir gerne ansehen.
– Kann ich das?
– Ja. Und hier hast du die Patrone. Du kannst dich gerne selber darum kümmern. Du wirst die Waffe laden. Damit nachher niemand sagt, ich hätte getrickst.
– Sie drücken mir eine geladene Waffe in die Hand?
– Du wirst mich kaum erschießen, oder?
– Nein, das werde ich nicht.
– Außerdem steht Anna vor der Tür. Wenn du mich jetzt erschießt, wanderst du direkt ins Gefängnis. Ich denke nicht, dass es das ist, was du willst.
– Wo sind wir hier überhaupt?
– In Baronis Keller. Falls du gewinnen solltest, musst du mich nur zu Tür schleppen und den Code eintippen. 4736. Dann bist du frei.
– Und dann spaziere ich hier einfach raus, oder wie?

– Ja.
– Herr Broll, Sie werden ein Loch im Kopf haben, Ihre kleine Freundin wird hysterisch zusammenbrechen und mich für das Missgeschick hier verantwortlich machen.
– Das wird sie nicht. Schmauchspuren werden nur an meiner Hand gefunden werden. Die Obduktion wird eindeutig ergeben, dass es Selbstmord war. Du wirst also tatsächlich deinen Koffer packen, noch einmal ordentlich grinsen und weiterfahren.
– Werde ich das?
– Ja. Falls du gewinnst.
– Und wenn nicht?
– Wirst du es sein, den sie in einem Zinksarg nach oben tragen. Und nicht ich.
– Sie sind völlig durchgeknallt.
– Du sollst dir die Waffe anschauen. Und lass dir ruhig Zeit dabei. Es soll alles mit rechten Dingen zugehen.
– Haben Sie keine Angst zu sterben?
– Doch. Deshalb auch der Schnaps. Willst du noch einen?
– Ja. Und ich möchte gerne noch etwas.
– Was?
– Ich muss Sie um einen kleinen Materialtest bitten. Sie stecken die Kugel selbst in die Trommel, dann werden Sie die Trommel drehen, anschließend werden Sie so lange abdrücken, bis die Kugel vorne aus dem Lauf wieder herauskommt. Sie werden auf den schönen Sitzsack da hinten zielen und ich werde genau beobachten, ob alles so ist, wie es sein soll. Gleiche Bedingungen für alle. Sie kennen die Waffe, ich nicht.
– Von mir aus.
– Zu freundlich von Ihnen.
– Klick. Klick. Klick. Peng.

- Klingt gut. Schöner Schuss, diesem Sitzsack haben Sie es schon mal ganz ordentlich gezeigt.
- Zufrieden?
- Ja.
- Dann kann es ja losgehen, oder?
- Eine Frage hätte ich noch, Herr Broll.
- Welche?
- Warum filmen Sie das alles?
- Damit ich beweisen kann, dass ich unschuldig bin, wenn das alles vorbei ist.
- Ich verstehe.
- Noch nicht ganz. Es gibt da noch eine Zusatzregel.
- Welche?
- Während wir spielen, erzählst du mir alles.
- Ich soll beichten?
- Wenn du tot bist, kann es dir ja egal sein, ob die Welt erfährt, was du alles angestellt hast. Anna wird deine Geschichte ganz groß rausbringen. Vielleicht macht dir die Vorstellung, nach deinem Tod doch noch berühmt zu werden, ja Freude.
- Klingt gut. Können wir so machen. Ich werde ohnehin nicht sterben. So viel Glück werde ich nicht haben.
- Schauen wir mal.
- Ausgezeichnet, lassen Sie uns also eine Patrone in die Trommel stecken, noch einen Schnaps trinken und mit dem Spiel beginnen.
- Von mir aus.
- Wobei, eine allerletzte Frage hätte ich noch, bevor wir loslegen.
- Welche?
- Warum tun Sie das? Ich habe ja nichts zu verlieren, Sie aber schon. Ihre reizende Mutter, Ihren Freund, den Sie anscheinend über alle Maßen lieben, Ihre süße neue Freundin. Warum setzen Sie das alles aufs Spiel?

Nur ein Wahnsinniger würde so einen Vorschlag machen, wie Sie ihn gemacht haben.

- Ich denke, es ist der einzige Weg, damit du aufhörst, mir auf die Eier zu gehen.
- Stimmt.
- Außerdem muss ja irgendjemand dafür sorgen, dass du nicht mehr herumrennst und Leute umbringst.
- Na dann. Viel Glück, Herr Broll.
- Danke.
- Auf unser beider Wohl, würde ich sagen.
- Prost, Arschloch.
- Was Sie da vorhaben, ist definitiv ein Fehler.
- Kann sein.
- Ich möchte Sie nur noch ein einziges Mal gewarnt haben.
- Hör auf zu quatschen, Fink, und schieß endlich.
- Ich lasse Ihnen gerne den Vortritt.
- Von mir aus.

37

Es war grausam. Auf dem Video, das Anna und Tilda wieder und wieder anschauen, ist alles genau zu sehen. Die Kamera hat perfekte Bilder geliefert, perfekten Ton. Fast ist es so, als säßen Anna und Tilda mit Max und Fink am Tisch. Hautnah verfolgen sie in HD mit, was passiert ist. Sie hören zu, was Fink erzählt. Gebannt verfolgen sie den Irrsinn, wie gelähmt sind sie. So gerne würden sie eingreifen, Max davon abhalten weiterzumachen, doch es sind nur Bilder auf einem Fernsehbildschirm. Sie können nichts tun. Nur zusehen.

Die Wirklichkeit ist es. Nicht nur ein Film, nicht nur Fiktion, die kranke Fantasie eines durchgeknallten Drehbuchautors, sie haben es wirklich getan. Fink und Max. Wovon er Anna erzählt hatte, es ist tatsächlich passiert. Was er vorhatte, sein wahnwitziger Plan. Der Tisch, der Schnaps, die Waffe und Finks Mund, der auf- und zuging. Selbstherrlich, ohne Reue, wie Gott war er. Ohne sich eine Sekunde die Frage zu stellen, ob es vielleicht falsch war, was er getan hatte, erzählte er. Wie er auf Baroni geschossen hatte. Wie er vor vielen Jahren seinen ersten Mord begangen hatte. Orte, Details, sogar Namen. Fink lieferte alles, was Anna brauchte, um ihre Geschichte zu schreiben. Sie würde all die Berichte über die ungeklärten Todesfälle finden und wieder ausgraben, und die Polizei würde nachweisen, dass Fink zu den Tatzeiten in der Nähe gewesen war. Es war das perfekte Geständnis, niemand hatte ihn dazu gezwungen, im Gegenteil. Die Tatsache, dass es völlig egal war, was er sagte, beflügelte ihn. Das Bewusstsein, dass er entweder tot sein oder alles Gesagte einfach löschen würde, befreite ihn. Es machte ihm Freude, darüber zu reden. Wic cin Kind war er, das von seinen Weihnachtsgeschenken erzählte.

Das Video war wie ein Geschenk für Anna. Dass sie es kopieren hatte können, bevor die Polizei es sicherte. Das Video und die Fotos, die sie im Keller gemacht hatte. Die Basis für eine Story, die in ganz Europa für Aufregung sorgen würde. Die Beichte eines Serienkillers. Anna wird alles aufschreiben, sie wird exklusiv darüber berichten, sie wird alles von Anfang an erzählen. Wie sie Max kennenlernte, wie sie mit Fink am Schiff zusammensaß, wie sie um das Leben von Max zitterte. Jede Sekunde lang, die sie vor der Tür stand und darauf wartete, bis Max wieder aus der Kellerbar herauskommen würde.

Anna wird diese Geschichte erzählen. Ausführlich, persönlich. Sie wird sich bei jeder Zeile daran erinnern, wie sie ihr Ohr an die Tür gepresst hat, um etwas hören zu können. Sie wird sich daran erinnern, wie diese Angst sie eine Stunde lang gequält hat. Gedanken daran, dass sie Max vielleicht nie wieder küssen würde, dass sich seine Lippen nie wieder bewegen würden, dass dieser abartige Kerl für immer schweigen würde. Anna hat dieses Bild dauernd vor sich gesehen. Max am Boden, sein zerrissener Kopf, überall das Blut. Sie hat sich vorgestellt, wie er die Waffe an seinen Kopf hält und abdrückt. Alles, was passieren konnte. Ein Kampf vielleicht, die Möglichkeit, dass Fink sich nicht an die Regeln hielt, dass er auf Max schoss. Über eine Stunde lang war da Angst. Dann ging die Tür auf und die Wirklichkeit überrollte sie.

38

Play. Max und Fink am Tisch. *Ich lasse Ihnen gerne den Vortritt*, sagt Fink. *Von mir aus*, sagt Max.

Man kann alles genau erkennen, jede Geste, jeden Gesichtsausdruck. Man hört es, das Atmen. Wie Max den Revolver hält und die Trommel dreht, man sieht es. Wie er ihn hochnimmt und auf seinen Kopf zielt. *Wenn man nicht als Krüppel überleben möchte, sollte man besser fünf Zentimeter Abstand zwischen Mündung und Schläfe lassen*, sagt er. *Nur so kannst du sicher sein, dass du auch wirklich tot bist*. Dann drückt er ohne Zögern ab. *Klick*. Nur ein metallenes Geräusch ist es. Einer von sechs möglichen Versuchen. *Und jetzt die Wahrheit*, sagt Max, schenkt zwei weitere Gläser Schnaps aus und schiebt die Waffe über den Tisch.

Erlösung ist es. Max trinkt. Und Fink spricht. Wie eine Befreiung scheint es zu sein, endlich darf er darüber reden. Über das, was er getan hat. Max hört ihm zu, stellt ihm immer wieder Zwischenfragen, er weiß, was die Polizei braucht, um Fink die Morde nachzuweisen. Und er stellt sich vor, was Anna fragen würde. Ganz ruhig ist er, kein Zittern, keine Angst, nur der Wahnsinn, der aus Finks Mund kommt, sachliche Berichte über nebenbei begangene Morde, wichtige Details, die den Unterschied zwischen Fantasie und Wirklichkeit ausmachen. Fink sagt es mit einem Lächeln in die Kamera. Wo er die Waffe entsorgt hat, mit der er auf Baroni geschossen hatte. Dass er in der Münchener Fußgängerzone mit derselben Waffe eine Gemüsehändlerin erschossen hatte, bevor er ins Dorf gekommen war. Einfach so, weil die Waffe neu war, weil er sie ausprobieren wollte. Weil er davon fasziniert war, wie sehr der Schalldämpfer den Moment des Sterbens ins Verborgene rückt. Nur ein lautes Klicken war es, niemand hat es bemerkt, *durch meinen Mantel habe ich geschossen*.

Den Mantel habe ich ein paar Straßen weiter weggeworfen. Es war wie immer. So einfach alles.

Leben und Sterben. Fink hat darüber entschieden. Aus einer Laune heraus, so als wäre das Leben ein Computerspiel, so als wäre es völlig egal, ob da einer weniger ist. *Irgendwann wären sie ohnehin gestorben. Vielleicht wollte es das Schicksal ja so.* Ohne Reue alles. Fast unerträglich diese Gleichgültigkeit, mit der er weiterredet. Diese stille Freude, Max mit immer noch mehr Informationen zu entsetzen. Horror ohne Ende. Was er so lange verschwiegen hat, kommt nun ans Licht. Max muss ihn nicht dazu auffordern, ihn nicht zwingen. Fink redet. Fast scheint es so, als würde er den Moment hinauszögern wollen, in dem er abdrücken muss. Er bleibt am Leben, solange er spricht. Er erzählt Max alles, was er hören will, und mehr noch, viel mehr. Morde im Schnelldurchlauf. So als würde Fink Urlaubsgeschichten erzählen. Max hört zu und wartet. Er fordert Fink nicht dazu auf, die Waffe zu nehmen. Ganz freiwillig soll er es tun. Die Trommel drehen, die Waffe mit Abstand an seinen Kopf halten und abdrücken.

Über vierzig Minuten lang dauert es. Dann tut er es. Fink hat genug erzählt, um sich unsterblich zu machen. Max lehnt sich gemütlich zurück, gelassen sitzt er da und schaut zu. Nichts an seiner Körperhaltung verrät Angst, dass Fink die Waffe plötzlich gegen ihn richten könnte. Es wird nicht passieren. *Ich will auf keinen Fall den Anschein erwecken, dass ich feige bin,* sagt Fink. Dann dreht auch er und drückt ab.

Klick. Fink lacht. Laut. Erleichtert. Er springt vom Tisch auf und schreit. *Wow. Das ist gut. Das ist sehr gut.* Die Anspannung fällt von ihm ab, das Adrenalin leuchtet in seinen Augen. *Dieses Spiel gefällt mir,* sagt er und setzt sich wieder hin. Er nimmt den Schnaps und trinkt. Einen langen Schluck aus der Flasche. Max und Fink. *Jetzt sind wieder Sie dran, mein Lieber*, sagt er, grinst in die Kamera und lehnt sich zurück.

Max schaut Fink an und lächelt. Seelenruhig nimmt er den Revolver. So als wäre es tatsächlich nur ein Spiel. Jungs, die eine Szene aus einem Western nachspielen. Still ist es. Man hört nur, wie sich das Magazin dreht. Das sanfte Geräusch, wenn die Trommel stehenbleibt. Ohne noch etwas zu sagen, nimmt Max die Waffe hoch, schließt seine Augen und drückt erneut ab. Wieder macht es nur *Klick*. Nichts passiert. Da ist kein Blut an seinem Kopf, keine Gehirnmasse, die sich im Raum verteilt, nur die Waffe, die er zurück auf den Tisch legt und hinüber zu Fink schiebt. Er lebt. Gelassen wirkt er, so als würde er seinem Schicksal zu hundert Prozent vertrauen. *Jetzt wird es spannend*, sagt er. *In der Tat*, sagt Fink.

Und wieder die Wahrheit. So viel, dass es kaum zu ertragen ist. Der Hohn in seiner Stimme, diese Gleichgültigkeit seinen Opfern gegenüber. Fink erzählt so viel, dass Max aufhören will zuzuhören, nachzufragen. Max weiß, dass jedes Wort wahr ist, dass er alle diese Menschen tatsächlich getötet hat. Aus Hass, aus Gewohnheit, weil er irgendwann einfach damit angefangen hat. Zur richtigen Zeit am richtigen Ort. Oder am falschen. Unschuldige Menschen. Wie er über sie spricht, sich an sie erinnert. Wie ein Jäger, der sich brüstet. *Am Anfang habe ich noch die Zeitungsausschnitte gesammelt. Die Berichte über die Vorfälle. Ich war irgendwie stolz auf mich. Irgendwann habe ich aber damit aufgehört. Es wurden zu viele.*

Fink, dieser unscheinbare kleine Mann, der Max berauscht gegenübersitzt. Grinsend mit der Schnapsflasche in der

Hand. Immer noch ist da kein Anzeichen in seinem Gesicht, mit diesem Wahnsinn aufhören zu wollen. Im Gegenteil. Max' Gelassenheit spornt Fink an. Er will es hinter sich bringen, in die nächste Runde kommen, ins Finale aufsteigen. Fink will gewinnen. Er will sehen, wie Max vom Stuhl fällt, er möchte sich nicht geschlagen geben, um keinen Preis. Fink geht bis zum Ende, er will es noch einmal spüren. Dieses Gefühl, wenn er den Finger durchdrückt, wenn er begreift, dass er immer noch da ist, dass er dem Tod in den Arsch getreten hat. *Showdown*, sagt er. Max hört, wie die Trommel sich dreht. Und wie die Kugel an der richtigen Stelle liegen bleibt.

Peng. Unschön ist es. Schnell geht es. Kein *Klick*. Fink hört auf, da zu sein. Das Grinsen verschwindet aus seinem Gesicht. Er zerfällt, sein Oberkörper kippt zur Seite, die Stuhllehne fängt ihn auf. Überall ist Blut und Hirnmasse. Auf dem Tisch, auf seinem Hemd, an der Wand. Max sitzt ganz ruhig an seinem Platz, er rührt sich nicht, keinen Zentimeter. Bestimmt eine Minute noch bleibt er so. Dann erst beugt er sich nach vorn und nimmt die Flasche in die Hand. Er trinkt und schaut Fink an. Das, was von ihm übrig ist.

Max atmet tief ein und aus. Langsam dreht er seinen Kopf zur Kamera und überprüft, ob sie noch läuft. Dann steht er auf, um die Tür zu öffnen. Es ist alles auf Band. Wie das Blut sich am Boden ausbreitet und wie Anna in den Raum kommt. Das Entsetzen, das in ihren Augen ist, und wie Max sie umarmt. Dann ist alles vorbei.

39

– Das ist ganz schön heftig, Max.
– Du wolltest es dir unbedingt ansehen. Ich habe dich gewarnt.
– Ich wollte nur wissen, was für eine Sauerei du in meinem Keller angerichtet hast.
– Krass, oder?
– Mehr als das. Aber er hat es nicht anders verdient, oder? Dieser miese kleine Drecksack.
– Er hätte dich beinahe umgebracht, Baroni.
– Ja, unfassbar. Kein normaler Mensch hätte ihm das zugetraut. Das ist völlig irrsinnig alles.
– Ohne dich wäre es hier verdammt langweilig geworden, Baroni.
– Ach, Max.
– Ach was?
– Es tut mir sehr leid, dass ich dir nicht geglaubt habe.
– Mach dir darüber keine Gedanken, Baroni. Wenn ich es nicht selber gesehen hätte, hätte ich wahrscheinlich auch daran gezweifelt.
– Ich bin mit dem Strom geschwommen, anstatt dir zu vertrauen. Das war ein Fehler, Max.
– Die haben dir den Bauch aufgeschnitten, du bist gerade aus dem Koma aufgewacht. Man könnte zu deiner Verteidigung sagen, dass du nicht ganz auf dem Damm warst.
– Könnte man das?
– Ja. Und außerdem hat dich auch diese Schwester Silke ganz schön durcheinandergebracht.
– Stimmt.
– Hast du wenigstens ihre Nummer bekommen?
– Hab ich.
– Na, dann war das wenigstens alles für etwas gut.
– Danke, Max.
– Nicht der Rede wert.
– Du hast dein Leben für mich aufs Spiel gesetzt.

– Das habe ich nicht.
– Es hätte genauso gut dich erwischen können.
– Bei aller Liebe, Baroni. Aber so weit würde ich nicht einmal für dich gehen.
– Du hattest einfach Glück, Max. Es hätte genauso gut bei dir die Kugel drin sein können.
– Ach, Baroni. Wenn du wüsstest, wie oft ich dieses Spiel gespielt habe, als ich jung war.
– Du hast was?
– Die Waffe hat meinem Vater gehört.
– Und er hat dich damit spielen lassen?
– Nicht direkt. Aber du weißt ja, wie Kinder sind.
– Totengräberkinder.
– Niemand auf dieser Welt kennt diesen Revolver besser als ich.
– Und was heißt das?
– Dass ich weiß, wann die Kugel in der entscheidenden Kammer ist. Ich kann es hören. Es ist ein ganz leises, feines Geräusch, das über Leben und Tod entscheidet.
– Du hast falsch gespielt?
– So kann man das nicht sagen.
– Du wusstest also, wann es wirklich Peng macht?
– Sonst hätte ich mich kaum darauf eingelassen, oder?
– Und was hättest du gemacht, wenn die Kugel bei dir im Lauf liegen geblieben wäre?
– Ich hätte einfach noch einmal gedreht.
– Max, du bist ein Hund.
– Er wollte es so, Baroni.
– Hauptsache, das Loch ist in seinem Kopf und nicht in deinem. Wobei mich der Gedanke an diese Sauerei in meinem Keller sehr betrübt. Die Lederbezüge waren wie neu.
– Wenn die Spurensicherung da unten endgültig fertig ist, helfen Anna und ich dir beim Putzen.
– Das ist sehr großzügig von euch.

– Du magst sie, oder?
– Ja.
– Ich freue mich sehr für dich, Max.
– Du weißt, dass ich dich in die Wüste geschickt hätte, wenn du etwas anderes gesagt hättest.
– Sie ist nett. Von mir aus kann sie bleiben.
– Es wäre schön, wenn das so einfach wäre.
– Ist es nicht?
– Sie überlegt noch. Das Gute an der Sache ist aber, dass sie mit dieser Story so viel Geld verdienen wird, dass sie dann machen kann, was sie will.
– Und was will sie?
– Mich, hoffe ich.
– Das wird schon, vertrau mir. Hauptsache, sie zieht dich nicht von hier ab. Du bleibst im Dorf, bei mir. Daran wird nicht gerüttelt.
– Du wirst es nicht glauben, Baroni. Aber unfassbarerweise gefällt es Anna hier.
– Glaube ich nicht.
– Doch. Unser kleines, verschlafenes Dorf gefällt ihr.
– Darauf sollten wir einen trinken, Max.
– Das sollten wir.
– Eines musst du mir aber noch versprechen.
– Alles, was du willst, mein Freund.
– Das nächste Mal spiele ich wieder mit.
– Darauf kannst du einen lassen, Baroni.
– Wir hätten bestimmt viel Spaß gehabt auf dem Schiff.
– Das hätten wir.
– Eine schöne Bootsfahrt, die Sonne, das Meer. Da fällt es mir wieder ein.
– Was?
– Wir zwei könnten doch demnächst nach Kuba fliegen?
– Ja, das könnten wir.
– Das heißt, du bist dabei?
– Bin ich, Baroni. Bin ich.

Bernhard Aichner

Die Max-Broll-Krimis

Die Schöne und der Tod

256 Seiten, btb 71366

Die Schwester seiner ersten großen Liebe bringt sich um. Totengräber Max Broll muss sie begraben, doch dann wird ihre Leiche aus dem noch frischen Grab entführt. Warum? Und vor allem: von wem?

Für immer tot

240 Seiten, btb 71367

Um sie herum ist alles dunkel. Sie hat keine Ahnung, wo sie sich befindet. Ihre letzte Erinnerung: Ein Mann ist in ihre Wohnung eingedrungen, hat sie überwältigt, in eine Kiste gepfercht und irgendwo im Wald vergraben. Totengräber Max Broll auf der verzweifelten Suche nach seiner Stiefmutter …

Leichenspiele

272 Seiten, btb 71368

Die Dorfidylle trügt: Max Broll und sein bester Freund, der ehemalige Fußballstar Johann Baroni erhalten ein unmoralisches Angebot. Man bietet den beiden viel Geld – wenn sie dafür eine Leiche vom Friedhof verschwinden lassen …